瑞蘭國際

瑞蘭國際

我的第三堂西語課

游皓雲、洛飛南（Fernando López） 合著

建立「最適合台灣學習者」的
從初級到中級西語學習系統

首先恭喜打開這本書的你，跨過了初學者門檻，來到接近中級的程度。

學完這本書，你的西語程度將不再停留在粗淺的自我介紹、旅遊購物點餐，而是將能夠進展到表達人生經驗、夢想、與西語母語者稍稍談心交流、以及應付到西語系國家遊學、租屋、短期生活的語言需求。

這本教材的最大特色，是全書的對話，都圍繞著一個主要人物Alejandra，一個30歲的台灣女生，從事科技業工作，年至30之後，想給自己的人生來個全新的改變，因此決定學西班牙語、然後到西班牙去短期遊學的故事。

刻意設定了這樣的人物，貼近台灣許多西語學習者的生活背景，希望正在學西語的你讀起來更有認同感。

不瞞各位說，60%左右的課文內容，幾乎是我本人十幾年前去西班牙遊學、以及前兩年到西班牙在職進修時親身經歷的對話場景，我們盡可能地將最貼近真實的對話，原汁原味呈現。

11課的課文全部都有連貫，讀起來就像一部迷你的連載小說，同時將A2學習者需要學到的動詞時態、句式、文法都穿插其中。

鑑於市場需求的考量，國內少有出版社願意投資在中級歐洲語言教材的出版，大多國內出版的西語教材，甚至是其他歐語教材，都只有第一冊，少數會出到第二冊，很開心「我的第__堂西語課」系列，第三冊問世，第四冊也在撰稿中，相信很快就會和大家見面。

非常感謝長期合作的瑞蘭出版社，支持我們兩個非常希望更多台灣人學好西班牙語、一股傻勁和信念衝衝衝的作者，一起把這套教材出到中級，讓台灣人學習西班牙語的系統能夠越來越完整。

　　第三冊、第四冊的出版，背後代表的是國內的西語學習者，終於有一套「專門為台灣學習者思維」設計的教材，可以一路從零起點，學到A2程度。

　　按照歐洲語言分級框架，將語言程度分為A1、A2、B1、B2、C1、C2，共6個等級，A1為零起點，A2為初級進入中級的階段，B1就等同於國內大學西班牙語本科系學生的畢業門檻。

　　如果你是一個工作、學業之餘學習西班牙語的業餘學習者，能先跟著這套教材學到A2，已經是相當難能可貴。而累積到這樣的程度之後，要再換用西班牙進口的全西語教材來自修，要跨過的門檻也會降低許多。

　　我們非常期待這套中西對照、專為台灣人思維打造的教材，可以幫助台灣更多想要學好西班牙語的學習者，用最輕鬆省力、無痛的方式，學習西班牙語這個美麗的語言。

新竹雲飛語言文化中心創辦人　游皓雲（Yolanda Yu）

游皓雲

Lo importante al estudiar un idioma no es la memorización sino la práctica.
學習語言最重要的不是記憶背誦，而是實戰演練！

Hola,

Tienes en tus manos el tercer libro de esta serie. Gracias a los comentarios que hemos recibido, nos hemos animado a escribir este libro y a diferencia de los dos libros anteriores, los textos de cada lección es una parte de la historia de una chica que viaja a España para estudiar español.

你好，

在你手中的是這個系列的第三冊，感謝所有曾經給我們回饋的讀者，鼓勵我們寫這本書。和前兩本完全不同的是，這次每一課的課文，都是一個台灣女生去西班牙讀書的連載故事。

Estudiar un idioma es también estudiar una cultura. La cultura es comida, bebidas, costumbres, el trato con amigos y familia, transporte, etc. Es por eso que te llevamos junto con Alejandra, el personaje principal, a conocer la vida de un estudiante, las situaciones que enfrenta, a sus amigos y los posibles choques culturales que pueda enfrentar. Es una historia divertida que te envolverá y querrás saber como termina.

學習一個語言也是學習一種文化。文化包含食物、飲料、習慣、和朋友及家人相處、交通系統等等。因此，我們想藉著Alejandra這個女主角，帶著你去認識一個遊學生的生活，會碰到哪些情境、朋友、和文化衝擊。這是一很有趣的連載故事，你會很融入其中，也會想要知道故事的結局。

En los libros anteriores hemos incluido a manera de textos o ejemplos algunos datos sobre nosotros o nuestas mascotas. Fieles a nuestro estilo, este libro contiene parte de nuestras experiencias, para darle ese toque personal y real a las situaciones.

在前幾本書的一些課文，我們兩個作者，有把自己的生活和寵物都寫進去。維持我們一貫的作風，這本書的幾個部分也包含了我們的真實人生經驗，希望讓你感到貼近生活。

Es una historia que se desarrolla a lo largo de todas las lecciones para ayudarte a practicar los vocabularios y gramáticas de forma natural en situaciones reales. Lo importante al estudiar un idioma no es la memorización sino la práctica.

這些故事的發展，每一課都可以幫助你練習到自然場景會需要用到的單字和文法，學習語言最重要的不是死記硬背，而是真實練習。

Ante todo, diviértete aprendiendo. Como siempre decimos en nuestra escuela, "Convierte aprender idiomas en tu felicidad".

記得，要邊玩邊學，就像我們在語言中心常說的口號「讓語言學習成為你的樂趣」。

Saludos,
　　祝福大家

Yo soy Fernando. 我是洛飛南。

如 何 使 用 本 書

　　《我的第三堂西語課》全書共11課，如連載小説般的課文情節，搭配大量直覺式練習，課堂、自學都好用！是對西語有基礎認識後，最好的銜接教材。

掃描音檔 QR Code

在開始使用本書之前，別忘了先找到書封上的QR Code，拿出手機掃描，就能立即下載書中所有音檔喔！（請自行使用智慧型手機，下載喜歡的QR Code掃描器，更能有效偵測書中QR Code！）

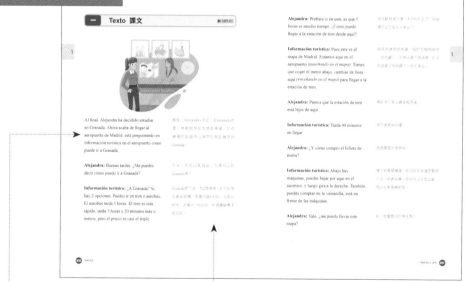

閱讀課文

Alejandra到西班牙後做了哪些活動呢？故事情節逐課推進，有短文、有對話，還有生動插圖，身歷其境！

兩欄式西語、中文對譯

可以先遮住中文部分挑戰全西文閱讀，再掀開確認不懂的地方。

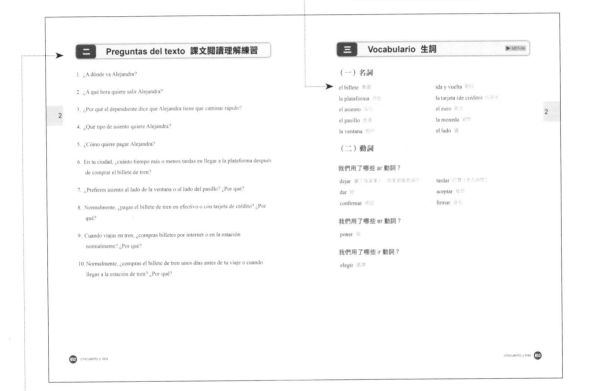

二　Preguntas del texto　課文閱讀理解練習

1. ¿A dónde va Alejandra?

2. ¿A qué hora quiere salir Alejandra?

3. ¿Por qué el dependiente dice que Alejandra tiene que caminar rápido?

4. ¿Qué tipo de asiento quiere Alejandra?

5. ¿Cómo quiere pagar Alejandra?

6. En tu ciudad, ¿cuánto tiempo más o menos tardas en llegar a la plataforma después de comprar el billete de tren?

7. ¿Prefieres asiento al lado de la ventana o al lado del pasillo? ¿Por qué?

8. Normalmente, ¿pagas el billete de tren en efectivo o con tarjeta de crédito? ¿Por qué?

9. Cuando viajas en tren, ¿compras billetes por internet o en la estación normalmente? ¿Por qué?

10. Normalmente, ¿compras el billete de tren unos días antes de tu viaje o cuando llegas a la estación de tren? ¿Por qué?

三　Vocabulario　生詞　▶MP3-06

（一）名詞

el billete 車票　　　　　　　　ida y vuelta 來回
la plataforma 月台　　　　　　la tarjeta (de crédito) 信用卡
el asiento 座位　　　　　　　　el euro 歐元
el pasillo 走道　　　　　　　　la moneda 貨幣
la ventana 窗戶　　　　　　　　el lado 邊

（二）動詞

我們用了哪些 ar 動詞？

dejar 讓（每某某）把某個東西留下　　tardar 花費（多久時間）
dar 給　　　　　　　　　　　　　　aceptar 接受
confirmar 確認　　　　　　　　　　firmar 簽名

我們用了哪些 er 動詞？

poner 放

我們用了哪些 ir 動詞？

elegir 選擇

理解力訓練

為了測驗是不是確實理解課文，試著回答10題相關問題，訓練你對西語的理解力。

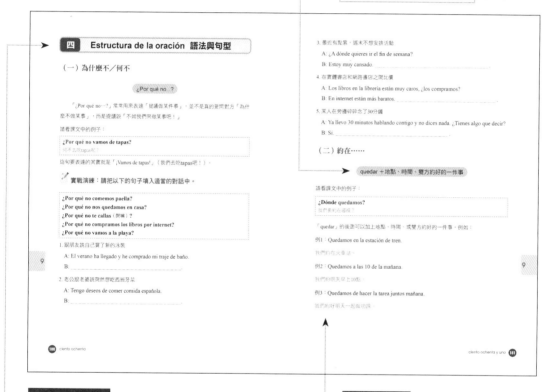

四　Estructura de la oración　語法與句型

（一）為什麼不／何不

¿Por qué no…?

「¿Por qué no…?」常常用來表達「寬通做某件事」，並不是真的要問對方「為什麼不做某事」，而是提議說「不如我們來做某事吧！」

請看課文中的例子：

¿Por qué no vamos de tapas?
何不去吃tapas呢？

這句要表達的其實就是「¡Vamos de tapas!」（我們去吃tapas吧！）。

✎ 實戰演練：請把以下的句子填入適當的對話中。

¿Por qué no comemos paella?
¿Por qué no nos quedamos en casa?
¿Por qué no te callas（閉嘴）?
¿Por qué no compramos los libros por internet?
¿Por qué no vamos a la playa?

1. 跟朋友說自己買了新的泳裝

A: El verano ha llegado y he comprado mi traje de baño.

B: _____

2. 老公跟老婆說突然想吃西班牙菜

A: Tengo deseos de comer comida española.

B: _____

3. 最近有點累，週末不想安排活動

A: ¿A dónde quieres ir el fin de semana?

B: Estoy muy cansado.

4. 在實體書店和網路書店之間比價

A: Los libros en la librería están muy caros, ¿los compramos?

B: En internet están más baratos.

5. 某人在旁邊碎碎念了30分鐘

A: Ya llevo 30 minutos hablando contigo y no dices nada. ¿Tienes algo que decir?

B: Sí.

（二）約在……

quedar ＋地點、時間、雙方約好的一件事

請看課文中的例子：

¿Dónde quedamos?
我們約在哪裡？

「quedar」的後面可以加上地點、時間、或雙方約好的一件事，例如：

例1：Quedamos en la estación de tren.

我們約在火車站。

例2：Quedamos a las 10 de la mañana.

我們約明天早上10點。

例3：Quedamos de hacer la tarea juntos mañana.

我們約好明天一起做功課。

解答別冊

為了讓讀者方便核對答案，或是查閱參考答案，特別將解答獨立成冊，對答案不用再將書本翻來翻去！

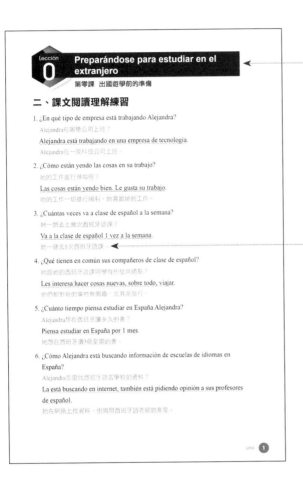

清楚標示

將每課、每大題用大小標題標明出來，找尋答案一目瞭然。

貼心中譯

每句皆附中文翻譯，對答案的同時也能增進西語理解力。

Lección 0

Preparándose para estudiar en el extranjero

出國遊學前的準備

本課學習目標：

1. 描述同學／同事／團隊的成員組成

2. 描述目前的工作／生活狀態

3. 描述近期生活上的計劃

4. 比較兩種選擇的優缺點

5. 現在進行式的動詞變化和用法

Alejandra es una taiwanesa. Lleva 5 años trabajando en una empresa de tecnología, es vendedora. Tiene 30 años. Le gusta su trabajo y gana bien.

Alejandra是一個台灣女生，已經在科技公司做了5年的業務。她30歲，喜歡她的工作，薪水不錯。

A Alejandra le gusta aprender cosas nuevas, lleva 5 meses estudiando español en una escuela de idiomas en Taiwán. Tiene clase una vez a la semana, una hora y media cada vez.

Alejandra喜歡學習新的東西，已經在台灣的一間語言學校學西班牙語5個月了。一週上課一次，每次一個半小時。

En su clase tiene 5 compañeros, hay un ingeniero, una maestra de escuela primaria, una gerente de proyecto, una enfermera y una investigadora. Todos los compañeros tienen una vida muy diferente, pero tienen algo en común: les interesa hacer cosas nuevas, sobre todo, viajar.

在她的班上有5個同學，有一個工程師、一個國小老師、一個專案經理、一個護理師和一個研究員。每個同學的生活都很不一樣，可是他們都有一個共通點：對嘗試新事物有興趣，特別是旅行。

Todo está yendo muy bien en su vida. Pero últimamente, Alejandra siente que necesita un cambio grande. Está pensando en tomar vacaciones largas para ir a estudiar español en España por un mes.

Sabe que un mes no es mucho, pero es mejor que nada. Además, seguro que después de volver de España, puede trabajar con más energía, y claro, hablar mejor español.

Este mes, ella está buscando información de escuelas de idiomas por internet, y también está pidiendo opinión a los profesores de su escuela de idiomas.

Dicen que estudiar en Andalucía es más barato y seguro, pero el acento de Andalucía es un poco difícil de entender.

Está considerando ir a ciudades grandes, como Madrid o Barcelona, porque seguro que hay más actividades. Pero dicen que es muy caro, y un poco peligroso.

¿A dónde le recomiendas ir?

她的生活一切都不錯，可是，最近Alejandra覺得很需要來個大轉變，她想休個長假，到西班牙去學一個月的西班牙語。

她知道一個月不多，可是總比沒有好。而且，從西班牙回來之後，工作一定會更有能量，當然西班牙語也一定會進步。

這個月，她都在上網找（當地）語言學校的資訊，也一邊在詢問台灣語言學校老師們的意見。

老師們說在安達魯西亞唸書會比較便宜又比較安全，可是安達魯西亞的口音會有一點難懂。

她在考慮去比較大的城市，像是馬德里或是巴賽隆納，因為一定會有比較多活動。可是有人說很貴，又比較危險。

你會建議她去哪裡呢？

0

1. ¿En qué tipo de empresa está trabajando Alejandra?

2. ¿Cómo están yendo las cosas en su trabajo?

3. ¿Cuántas veces va a clase de español a la semana?

4. ¿Qué tienen en común sus compañeros de clase de español?

5. ¿Cuánto tiempo piensa estudiar en España Alejandra?

6. ¿Cómo Alejandra está buscando información de escuelas de idiomas en España?

7. ¿A qué ciudad le recomiendas ir a Alejandra?

8. ¿Cómo están yendo las cosas en tu trabajo?

9. ¿Cuánto tiempo llevas estudiando español?

10. Si puedes ir a otro país a estudiar español, ¿en qué país te interesa estudiar? ¿Por qué?

三 Vocabulario 生詞

（一）名詞

la empresa de tecnología 科技公司	un cambio grande 一個大的改變
la escuela de idiomas 語言學校	la energía 能量、精力
el vendedor / la vendedora 業務	el acento 口音
el ingeniero / la ingeniera 工程師	Andalucía 安達魯西亞區
el maestro / la maestra de escuela primaria 小學老師	la vez 次
el enfermero / la enfermera 護理師；護士	la vida 生活
el investigador / la investigadora 研究員	la actividad 活動
una parte importante 很重要的一部分	

（二）動詞

我們用了哪些 ar 動詞？

considerar 考慮	interesar 對……有興趣
ganar 贏、賺	necesitar 需要
llevar 攜帶	pensar 想
tomar vacaciones largas 休長假	

我們用了哪些 er 動詞？

volver 回來／回去	saber 知道
aprender 學習	entender 懂、了解

我們用了哪些 ir 動詞？

pedir opinión 詢問／請求建議	sentir 覺得、認為

我們用了哪些反身動詞？

divertirse 娛樂、好玩

（三）形容詞

seguro/a 安全的

diferente 不一樣的

peligroso/a 危險的

mejor 比較好的

nuevo/a 新的

caro/a 貴的

cada 每一個的

（四）副詞

últimamente 最近

（五）片語

en común 共通點

sobre todo 尤其是

四　Estructura de la oración 語法與句型

（一）現在進行式

有三種情形會需要使用「現在進行式」。

情形 1：說話當下發生的事

實戰演練：請試著敘述圖中人物正在做的動作。

1.

2.

3.

4.

實戰演練：請完成以下對話。

1. 跟朋友講話的時候，發現他好像都沒在聽：

    A: ¿Me estás escuchando?

    B: Sí, sí. Te _____ (escuchar). Continúa, por favor.

2. 家人關在房間都不出來：

    A: ¿Qué estás haciendo? Ya vamos a cenar.

    B: _____ (escribir) un correo electrónico. Salgo en 10 minutos.

3. 看到朋友若有所思：

    A: ¿En qué estás pensando?

    B: Nada. No _____ (pensar en nada).

 情形 2：近期這段時間發生的事、進行中的計畫

請看課文中的例子：

Está pensando en tomar vacaciones largas para ir a estudiar español en España por 1 mes.
她想休個長假，到西班牙去學1個月的西語。

Este mes, ella está buscando información de escuelas de idiomas por internet, y también está pidiendo opinión a los profesores de su escuela de idiomas.
這個月，她都在上網找語言學校的資訊，也在問語言學校老師們的意見。

Está considerando ir a ciudades grandes, como Madrid o Barcelona, porque seguro que hay más actividades.
她在考慮去比較大的城市，像是馬德里或是巴賽隆納，因為一定會有比較多活動。

 實戰演練：請完成以下對話。

1. 跟朋友聊近況：

    A: ¿Qué hay de nuevo?

    B: Estoy _____ (considerar ir a＋某地) para estudiar español

    por 3 semanas.

2. 跟同事討論工作進度：

   A: ¿Cómo vais con el proyecto?

   B: Estamos _____ (hacer) el último chequeo.

3. 老師詢問學習進度：

   A: ¿Cómo vas con la preparación del examen DELE?

   B: Estoy _____ (repasar) la gramática de preposiciones.

💡 情形 3：表達一直做某件事情做了多久

> **Llevar ＋持續的時間＋現在進行式動詞**

請看課文中的例子：

> **Lleva 5 años trabajando en una empresa de tecnología, es vendedora. Tiene 30 años. Le gusta su trabajo y gana bien.**
> 已經在科技公司做了5年的業務。她30歲，喜歡她的工作，薪水不錯。
>
> **A Alejandra le gusta aprender cosas nuevas, lleva 5 meses estudiando español en una escuela de idiomas en Taiwán.**
> Alejandra喜歡學習新的東西，已經在台灣的一間語言學校學西班牙語5個月了。

📋 實戰演練：請完成以下對話。

1. 談論學西班牙語學了多久：

   A: ¿Cuánto tiempo llevas aprendiendo español?

   B: Llevo _____ (5個月＋aprender/estudiar) español.

2. 談論目前的工作做了多久：

   A: ¿Cuánto tiempo llevas trabajando como vendedora?

   B: Llevo _____ (4年＋trabajar) como vendedora.

3. 住在國外時，當地人問你在那邊住了多久：

   A: ¿Cuánto tiempo llevas viviendo aquí?

   B: Llevo _____ (1年＋vivir) aquí.

現在進行式動詞變化規則

現在進行式的動詞變化方法很單純，就是estar隨著6個人稱變化，後面加上動詞。ar動詞的字尾改為ando，er和ir動詞的字尾改為iendo，以下列表舉例：

	estar	ar 動詞 trabajar（工作）	er 動詞 comer（吃）	ir 動詞 escribir（寫）
Yo	estoy			
Tú	estás			
Él / Ella / Usted	está			
Nosotros / Nosotras	estamos	trabajando	comiendo	escribiendo
Vosotros / Vosotras	estáis			
Ellos / Ellas / Ustedes	están			

現在進行式常見的不規則動詞

不規則的動詞不多，而且其中還是有些規則可循，可歸為3類：

1. 動詞中間有e＋子音時，e改為i

2. 動詞中間有o＋子音時，o改為u

3. er, ir這兩組動詞字尾，如果er, ir之前的字母是母音，字尾變化為yendo

以下列表舉例，變化形式以第三人稱單數代表：

原型	現在進行式	變化說明
decir（告訴）	está diciendo	動詞中間有e＋子音時， e改為i
pedir（請求）	está pidiendo	
repetir（重複）	está repitiendo	
venir（來）	está viniendo	
seguir（繼續）	está siguiendo	
vestirse（穿衣服、打扮）	está vistiéndose	
dormir（睡覺）	está durmiendo	動詞中間有o＋子音時， o改為u
poder（能、可以）	está pudiendo	
morir（死）	está muriendo	

原型	現在進行式	變化說明
leer（閱讀）	está leyendo	
caerse（跌倒）	está cayéndose	
traer（帶來）	está trayendo	er, ir這兩組動詞字尾，如果er, ir之前的字母是母音，字尾變化為yendo
ir（去）	está yendo	
oír（聽到）	está oyendo	
construir（建）	está construyendo	
destruir（毀壞）	está destruyendo	

 現在進行式綜合練習

1. 填填看：請將以下動詞填入適當的空格中，有些句子會需要用到「llevar＋現在進行式動詞」。

例：

A: Hola, ¿está Victoria?

B: Sí, pero se está bañando / está bañándose. (bañarse)

| preparar | trabajar | estudiar | leer | jugar | chatear | hacer |
| poner | ver | terminar | correr | hablar | aprender | |

(1) 打電話約朋友來家裡看電影：

A: ¿Quieres venir a mi casa? Vamos a ver una película.

B: No puedo, _____ mi maleta, mañana voy a Japón.

(2) 問新朋友在他公司工作了多久：

A: ¿Cuántos años llevas trabajando en esta empresa?

B: Llevo 2 años _____ en esta empresa.

(3) 西班牙人讚美你西班牙語講得很好，問你學了多久：

A: Hablas muy bien español. ¿Cuánto tiempo _____?

B: Llevo un año _____.

(4) 家人在廁所30分鐘都沒出來：

A: Llevas en el baño 30 minutos, ¿otra vez _____ un libro en el baño?

B: No. _____ el celular, jaja.

(5) 你發現朋友都沒在聽你說話：

A: _____ contigo. ¿Me _____ atención?

B: Sí, sí, continúa.

(6) 在電影院看電影的時候朋友打電話來：

A: Hola. ¿Estás ocupado?

B: No puedo hablar ahora, _____ una película en el cine.

(7) 同事寫報告做了3小時：

A: _____ ese reporte tres horas. ¿Necesitas ayuda?

B: Gracias, no te preocupes, ya _____ ahora.

(8) 朋友讀一個章節一直讀不懂：

A: ¿Qué pasa?

B: _____ esta lección toda la noche y todavía no entiendo.

(9) 問很愛跑馬拉松的新朋友跑幾年了：

A: ¿Cuánto tiempo _____ maratones?

B: Alrededor de siete años.

(10) 發現朋友跟曖昧對象線上聊天聊超久：

A: De verdad, esa chica te gusta mucho. _____ una hora _____ con ella.

B: No exageres.

（二）有共通點

> Tener algo en común

請看課文中的例子：

Todos los compañeros tienen una vida muy diferente, pero tienen algo en común: les interesa hacer cosas nuevas, sobre todo, viajar.

每個同學的生活都很不一樣，可是他們都有一個共通點：對嘗試新事物有興趣，特別是旅行。

實戰演練：請完成以下對話。

1. A: ¿Qué tal te llevas con tu nuevo novio?

   B: _____ en común. Por ejemplo,

   _____.

2. A: ¿Ya has empezado a tomar clase de español? ¿Cómo son tus compañeros?

   B: _____ en común. _____.

   （請描述共通點）

3. A: ¿Madrid y Granada son 2 ciudades muy diferentes? No sé a dónde ir a estudiar.

   B: Casi no _____ nada _____.

   Madrid es _____,

   pero Granada es _____.

4. A: ¿Qué tienen Taiwán y Guatemala en común?

   B: _____.

5. A: ¿Qué tienen chino y español en común?

   B: _____.

（三）總比沒有好

es mejor que nada

請看課文中的例子：

Sabe que un mes no es mucho, pero es mejor que nada.
她知道一個月很短，可是比沒有好。

實戰演練：請完成以下對話。

1. 發現朋友打算去秘魯，但只去10天：

A: ¿Vas a viajar a Perú solo por 10 días?

B: _____.

2. 想跟朋友借錢，但他身上現金沒那麼多：

A: ¿Me puedes prestar 100 euros?

B: No tengo tanto, solo te puedo prestar 30 euros.

A: Bueno, _____.

3. 回到家問家人有什麼可以吃的，結果冰箱沒剩什麼東西：

A: Tengo hambre, ¿qué vamos a comer? ¿Hay algo en la nevera?

B: Solo quedan 2 huevos. No hay nada más.

A: Bueno, _____.

4. 看到朋友的摩托車很舊，卻都不換：

A: Tu moto es muy vieja. ¿Por qué no la cambias?

B: Es muy vieja, pero ahora no tengo dinero para cambiar de moto.

_____.

（四）很多人說／有人說

Dicen que ＋一個完整的句子

請看課文中的例子：

> **Está considerando ir a ciudades grandes, como Madrid o Barcelona, porque seguro que hay más actividades. Pero dicen que es muy caro, y un poco peligroso.**
>
> 她在考慮去比較大的城市，像是馬德里或是巴賽隆納，因為一定會有比較多活動。可是有人說很貴，又比較危險。

 實戰演練：請完成以下對話。

1. A: ¿Por qué estudias en Andalucía, no en la capital Madrid?

   B: Porque dicen que _____.

2. A: ¿Es mejor estudiar en España o Latinoamérica?

   B: Dicen que _____.

3. A: ¿Es útil estudiar español?

   B: Sí, claro. Dicen que _____.

4. A: ¿Por qué no cambias de trabajo? Siempre dices que no te gusta.

   B: Porque dicen que _____.

memo

Lección 1

Llegando al aeropuerto de Madrid

到達馬德里機場

本課學習目標：

1. 在機場詢問交通資訊

2. 比較不同交通方案的優劣

3. 看地圖描述位置

4. 現在完成式的動詞變化和用法

1

Al final, Alejandra ha decidido estudiar en Granada. Ahora acaba de llegar al aeropuerto de Madrid, está preguntando en información turística en el aeropuerto cómo puede ir a Granada.

最後，Alejandra決定了去格拉納達唸書。她剛剛飛到馬德里機場，正在機場的旅遊中心詢問怎麼從機場到格拉納達。

Alejandra: Buenas tardes. ¿Me puedes decir cómo puedo ir a Granada?

午安，你可以跟我說，怎樣可以到格拉納達嗎？

Información turística: ¿A Granada? Sí, hay 2 opciones. Puedes ir en tren o autobús. El autobús tarda 5 horas. El tren es más rápido, tarda 3 horas y 20 minutos más o menos, pero el precio es casi el triple.

格拉納達嗎？好，有2個選擇。妳可以搭火車或客運。客運大概5小時，火車比較快，大概3小時20分，不過價錢幾乎是三倍。

Alejandra: Prefiero ir en tren, es que 5 horas es mucho tiempo. ¿Cómo puedo llegar a la estación de tren desde aquí?

我比較想搭火車，5小時太久了。從這邊可以怎麼去火車站？

Información turística: Pues este es el mapa de Madrid. Estamos aquí en el aeropuerto *(enseñando en el mapa)*. Tienes que coger el metro abajo, cambiar de línea aquí *(enseñando en el mapa)* para llegar a la estación de tren.

這是馬德里的地圖，我們在機場這裡（*指地圖*）。妳得去樓下搭捷運，在這裡換線（*指地圖*），到火車站。

Alejandra: Parece que la estación de tren está lejos de aquí.

看起來火車站離這裡很遠。

Información turística: Tarda 40 minutos en llegar.

差不多要40分鐘。

Alejandra: ¿Y cómo compro el billete de metro?

那捷運票怎麼買呢？

Información turística: Abajo hay máquinas, puedes bajar por aquí en el ascensor, y luego gira a la derecha. También puedes comprar en la ventanilla, está enfrente de las máquinas.

樓下有售票機器，妳可以從這邊搭電梯下去，然後右轉。妳也可以在窗口買，窗口在售票機對面。

Alejandra: Vale, ¿me puedo llevar este mapa?

好，地圖我可以帶走嗎？

Información turística: Sí, claro. De hecho, si no has reservado el billete de tren, es mejor comprarlo ahora por internet, porque a veces no hay asiento. Esta es la página web del Renfe.

當然可以。其實，如果妳還沒訂火車票的話，最好現在上網訂，因為有時候會沒位子。這是Renfe（西班牙國鐵）的網站。

Alejandra: Ah, entonces mejor lo compro ahora. ¿Hay wifi en el aeropuerto?

啊～那我現在買比較好。機場有無線網路嗎？

Información turística: Sí, es gratis. Solo tienes que ingresar tu correo electrónico para registrarte.

有，是免費的，妳只要輸入email登錄就好。

Alejandra: Perfecto, voy a ver...

太棒了，我看看……

Información turística: ¿Has encontrado?

妳找到了嗎？

Alejandra: Sí. Ya está. Muchas gracias.

好了（找到了），非常謝謝。

Información turística: A ti.*

不客氣。

*以前學的不客氣是「de nada」，不過「a ti」是更口語也常見的説法。

1. ¿Qué hace Alejandra para saber cómo puede llegar a Granada desde el aeropuerto?

2. ¿Cuál es la diferencia de tiempo entre el autobús y el tren para ir a Granada desde el aeropuerto?

3. ¿Por qué es mejor comprar el billete de tren por internet?

4. ¿Qué tiene que hacer Alejandra para tener internet en el aeropuerto?

5. ¿Tú crees que Alejandra debe ir en tren? ¿Por qué?

6. ¿Hay wifi gratis en el aeropuerto de tu país?

7. Cuando viajas a otro país, ¿qué haces para saber cómo ir a otra ciudad desde el aeropuerto?

8. En tu país, ¿cómo se puede comprar billetes de tren?

9. ¿Cómo se puede llegar a la estación de tren desde el aeropuerto en tu país?

10. Si alguien viaja a tu país, ¿cómo le aconsejas ir a la ciudad desde el aeropuerto? ¿Por qué?

Vocabulario 生詞

（一）名詞

el aeropuerto 飛機場	el billete de metro 捷運票
la información turística 旅遊中心	la máquina （售票）機器
la opción 選擇	el ascensor 電梯
el mapa 地圖	el asiento 座位
la ventanilla 窗口	la página web 網頁
la estación de tren 火車站	el correo electrónico 電子郵件
la estación de metro 捷運站	el precio 價錢
el billete de tren 火車票	la línea （捷運）路線

（二）動詞

我們用了哪些 ar 動詞？

acabar de＋原型動詞 剛剛（做完某事）	girar 轉彎
enseñar 指出、指示、教	encontrar 找到、遇到
tardar 花費（時間）	reservar 預約、預定
cambiar de línea 換線	ingresar 輸入
bajar 下去	

我們用了哪些 er 動詞？

coger 搭乘（交通工具）、拿（東西）（只在西班牙使用，中南美洲用tomar）	
tener que 必須	parecer 看起來

我們用了哪些 ir 動詞？

decidir 決定

preferir 偏好

我們用了哪些反身動詞？

registrarse 登錄

llevarse 帶走

（三）形容詞

casi el triple 幾乎三倍的

gratis 免費的

mejor 比較好的

rápido/a 快的

（四）介系詞

a la derecha de 在……的右邊

enfrente de 在……的對面

abajo 下面

（五）連接詞

entonces 那麼

luego 然後、接著

porque 因為

1

四　Estructura de la oración　語法與句型

（一）現在完成式

有兩種情形會需要使用「現在完成式」。

💡 情形 1：講到「與現在有關的時間」

例如「我今天喝了三杯啤酒」，表示說話者「今天到現在為止」喝了三杯啤酒；「我這個月花了兩萬元」表示說話者「這個月到目前為止」花了兩萬元。不過，在真實對話中，如果從前後文情境就可以推敲出時間，不一定會有具體的時間詞。

請看課文中的例子：

Al final, Alejandra ha decidido estudiar en Granada.

最後，Alejandra決定了去格拉納達唸書。

（可以理解是在說「到目前為止的決定」）

Si no has reservado el billete de tren, es mejor comprarlo ahora por internet, porque a veces no hay espacio.

如果你還沒訂火車票的話，最好現在上網訂，有時候會沒位子。

（可以理解是在說「如果到目前為止還沒訂票的話」）

¿Has encontrado?

你找到了嗎？

（可以理解是在說「到目前為止找到了嗎？」）

以上都很明顯一定是「與現在有關的時間」，所以會使用「現在完成式」。

常見「與現在有關的時間」搭配使用的時間詞如下：

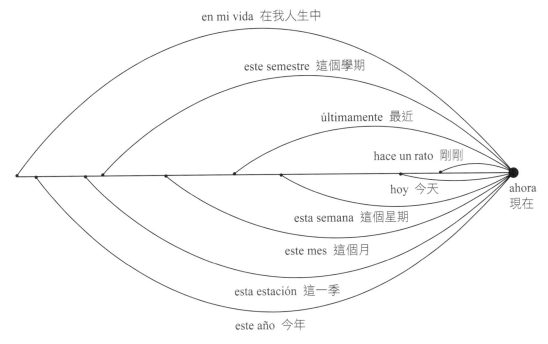

en mi vida　在我人生中

este semestre　這個學期

últimamente　最近

hace un rato　剛剛

hoy　今天

ahora
現在

esta semana　這個星期

este mes　這個月

esta estación　這一季

este año　今年

 實戰演練：請試著將以下畫線部分換成其他資訊，來練習問答。

1. 詢問準備出國念書的朋友：

A: ¿Has decidido a qué ciudad ir?

　你決定要去哪個城市了嗎？

B: Sí, he decidido ir a <u>Granada</u>.

　對，我決定去<u>格拉納達</u>了。

B: No, todavía no he decidido.

　還沒，我還沒決定。

2. 詢問明天就要出發去搭飛機的朋友：

A: ¿Has <u>preparado la maleta</u>?

　你<u>準備好行李</u>了嗎？

B: Sí, he preparado todo.

對，都準備好了。

B: No, todavía no he preparado nada. Creo que no puedo dormir esta noche.

還沒，我什麼都還沒準備。我覺得我今晚不能睡了。

3. 詢問剛回到家，滿手大包小包的家人：

A: ¿Qué has comprado hoy?

你今天買了什麼？

B: He comprado comida y bebida para la fiesta de mañana.

我買了明天派對的食物跟飲料。

4. 年底了，跟朋友閒聊一整年的旅行：

A: ¿A dónde has viajado este año?

你今年去了哪些地方旅行？

B: He viajado a México y Cuba, ¿y tú?

我去了墨西哥和古巴旅行，你呢？

A: Yo he viajado a Europa, España y Portugal.

我去了歐洲旅行，有西班牙和葡萄牙。

情形 2：人生經驗

通常是談人生中做過什麼特別的事情，比如說人在國外的時候去過哪些地方、吃過哪些美食，講的都是「經驗」。

例1：在國外讀書的時候，當地人可能會問你：

(1) ¿A qué ciudades has ido?

你去過哪些城市？

(2) ¿Qué comida tradicional has probado?

你嘗試過哪些傳統食物？

(3) ¿Has conocido a muchos amigos aquí?

你在這裡認識到很多朋友了嗎？

(4) ¿Has visitado la Alhambra?

你參觀過阿罕布拉宮了嗎？

(5) ¿Has ido a alguna playa de aquí?

你去過這邊的任何海邊了嗎？

例2：在台灣碰到講西班牙語的外國人，也可以問他們：

(1) ¿Has subido la montaña Ali?

你爬過阿里山了嗎？

(2) ¿Has probado tofu apestoso?

你嘗試過臭豆腐了嗎？

(3) ¿Has comido en Ding Tai Feng?

你去鼎泰豐吃過飯了嗎？

(4) ¿Has bebido té con leche y perlas?

你喝過珍珠奶茶了嗎？

(5) ¿Has ido al Lago del Sol y la Luna?

你去過日月潭了嗎？

現在完成式動詞變化規則

現在完成式的動詞變化，是haber隨著6個人稱變化，後面加上動詞。ar動詞的字尾改為ado，er和ir動詞的字尾改為ido，以下列表舉例：

		ar 動詞	er 動詞	ir 動詞
	haber	encontrar （遇到、找到）	coger （搭乘、拿）	salir（出去）
Yo	he			
Tú	has			
Él / Ella / Usted	ha			
Nosotros / Nosotras	hemos	encontrado	cogido	salido
Vosotros / Vosotras	habéis			
Ellos / Ellas / Ustedes	han			

現在完成式常見的不規則動詞

不規則的動詞不多，結尾只有兩種：cho跟to（除了下表中的最後一個字imprimir之外）。建議不用再分類、硬記，因為說話的時候，如果還要一直轉彎去想「這個動詞屬於哪一類」會太慢，或是當下就忘記、講不出來，所以這樣的不規則動詞，最好直接靠著多次問答對話、反覆練習成為自然反應。

以下不規則動詞僅列出第一人稱變化（yo he + 現在分詞）來代表舉例：

原型	現在完成式	原型	現在完成式
hacer（做）	he hecho	abrir（打開）	he abierto
decir（告訴）	he dicho	romper （弄壞／弄破）	he roto
escribir（寫）	he escrito	morir（死）	he muerto
describir（描述）	he descrito	volver （回來／回去）	he vuelto
ver（看）	he visto	devolver（歸還）	he devuelto
poner（穿、放）	he puesto	imprimir（列印）	he impreso

現在完成式綜合練習

1. 填填看：下面是一段WhatsApp的訊息對話，一個男同學傳訊息給心儀的女同學，請將動詞以現在完成式形式填入，並完成對話。

dejar	pensar	escribir	ver	leer	ganar
seguir	asustar（驚嚇）	huir（逃走）	decir	querer	

A: Hola, soy tu compañero de clase de español, Rafael. _____ mucho en ti.

Quizás estoy loco, pero _____ esta carta para expresar mis sentimientos,

la _____ en tu escritorio esta mañana, ¿la has visto?

B: Hola. Gracias por tu carta, la _____, además la he _____ junto con

mi novio, ahora él también quiere conocerte. Por cierto, este año _____ una

competencia de karate.

(Un día después...)

A: Hola. Hoy tu novio me ha visto y me ha _____.

Me _____ y he _____ de allí.

B: Lo sé, él me lo _____. Él solo ha _____ saludarte. Jajaja

---

2. 句子翻譯：認識新朋友時，我們常常會聊到對方的人生經驗。以下列出10個會用到現在完成式的社交問題，請試著翻譯成西班牙語。

(1) 你學過幾種語言？

_____

(2) 你去過哪些國家旅行？

_____

(3) 你做過什麼（哪些）工作？

_____

(4) 你聽過這首西班牙語歌嗎？

_____

(5) 你看過什麼拉丁美洲電影？

_____

(6) 你考慮過去其他國家學西語嗎？為什麼？

_____

(7) 你去西班牙看過足球嗎？

_____

(8) 你交過外國男／女朋友嗎？

_____

(9) 你聽說（oír decir）過瓦倫西亞的火節（Las Fallas）嗎？有興趣去嗎？

_____

(10) 你去過台灣的西班牙餐廳嗎？在哪裡？

_____

（二）剛剛、不久前（做完某事）

acabar de ＋原型動詞

acabar這個字原本的意思是「完成、結束」，「acabar de＋原型動詞」用來表達「剛剛才完成某事」。

請看課文中的例子：

> **Alejandra acaba de llegar al aeropuerto de Madrid.**
> Alejandra剛到馬德里機場。

實戰演練：請用「acabar de ＋原型動詞」完成以下對話。

1. 跟外國人閒聊：

   A: ¿Cuánto tiempo llevas viviendo en Taiwán?

   B: No mucho, _____.

2. 在國外旅行或遊學，當地人跟你聊起來：

   A: ¿Llevas mucho tiempo viviendo aquí?

   B: _____. Estoy conociendo la ciudad.

3. 朋友打電話給你都沒接：

   A: Te he llamado muchas veces, pero no me has contestado.

   B: Perdón, es que _____.

（三）你可以……嗎？

¿Me puedes ＋原型動詞 ...?

這是一種比較客氣的詢問資訊／請求幫忙的句型。

請看課文中的例子：

¿Me puedes decir cómo puedo ir a Granada?
你可以跟我說怎樣可以到格拉納達嗎？

實戰演練：請完成以下對話。

1. 買東西時詢問價錢：

A: Disculpa, ¿me puedes _____?

B: Claro, ahora te digo. 18.50 euros.

2. 跟外國人講話卻聽不懂時：

A: Perdón, ¿me puedes _____ con otras palabras?

  Es que no he entendido.

B: Claro, no hay problema.

3. 在餐廳請服務生拿東西時：

A: Perdón, ¿me puedes _____, por favor?

B: Vale.

（四）這是因為……

Es que ＋一個說明原因／理由的句子

這個句型常用來解釋自己的原因。

請看課文中的例子：

Es que 5 horas es mucho tiempo.
這是因為5小時太久了。

實戰演練：請完成以下對話。

1. 和朋友討論旅行交通安排：

   A: ¿No vamos en avión? ¡En tren tarda mucho!

   B: Yo lo sé. Es que no he _____ con precio razonable.

   Está todo muy caro ahora.

2. 和朋友討論旅行交通安排：

   A: Ir en tren es más caro, ¿por qué no vamos en autobús?

   B: Es que _____.

   （請自行填入解釋原因）

3. 回答老師沒做完作業的原因：

   A: ¿Has terminado la tarea?

   B: Todavía no...Solo he hecho la mitad. Es que _____.

   （請自行填入解釋原因）

（五）看起來／似乎

> Parece que... ＋一個完整的句子

請看課文中的例子：

Parece que la estación de tren está lejos de aquí.
看起來火車站離這裡很遠。

實戰演練：請完成以下對話。

1. 在售票口買票：

A: Un billete para Valencia, por favor.

B: ¿Para salir hoy?

A: Sí, lo más pronto posible.

B: Parece que _____, es que en el que sale en 15 minutos

ya no hay asiento.

2. 跟老師討論幾月去西班牙比較好：

A: Estoy pensando ir en abril o en diciembre.

B: Vamos a ver, ¿te interesa más bailar o esquiar?

A: Bailar, ¿por qué la pregunta?

B: Es que la Feria de Abril en Sevilla es en abril, es un festival para bailar. Y en

diciembre puedes esquiar.

A: Entonces, parece que _____.

（六）要花費……的時間

Tardar ＋要花費的時間

tardar只用在花費「時間」，要講花費金錢是用costar或gastar。

請看課文中的例子：

> **Tarda 40 minutos en llegar.**
> 差不多要40分鐘。

時間長度的說法

un segundo	一秒	un minuto	一分鐘
una hora	一個小時	un día	一天
una semana	一個星期	un mes	一個月
una estación	一季	un semestre	一個學期
un año	一年		

 實戰演練：請用Google地圖找找看，以下地點的交通時間需要多久，並填入時間。

1. El viaje de Madrid a Barcelona tarda _____ en avión.

2. El viaje de Barcelona a Valencia tarda _____ en tren.

3. El viaje de Granada a Sevilla tarda _____ en autobús.

4. El viaje de Guatemala a Costa Rica tarda _____ en avión.

5. El viaje de Argentina a Perú tarda _____ en avión.

 實戰演練：請在對話中填入合適的 tardar 動詞變化。

1. Esposa: ¿Por qué no te gusta este restaurante?

   Esposo: Porque siempre _____ 30 minutos en preparar la comida.

2. Esposa: Manolo, estás _____ mucho en el baño.

   Esposo: Tú siempre _____ una hora en maquillarte y yo nunca te digo

   nada.

3. A: Después del examen DELE, ¿cuánto tiempo _____ en llegar el

   resultado?

   B: El resultado _____ 3 meses, el diploma _____ 6 meses.

4. A: He oído decir que esa película _____ tres horas y quince minutos.

   B: Sí, es una película muy larga.

5. A: ¿Cuánto tiempo has _____ en terminar la maratón?

   B: _____ cinco horas y veinticinco minutos.

（七）位置介系詞

請看課文中的例子：

> **Abajo hay máquinas, puedes bajar por aquí en el ascensor, y luego gira a la derecha. También puedes comprar en la ventanilla, está en frente de las máquinas.**
>
> 樓下有售票機器，你可以從這邊搭電梯下去，然後右轉。你也可以在窗口買，窗口在售票機對面。

	encima de 在……的上面	
a la izquierda de 在……的左邊	entre...y 在兩者之間	a la derecha de 在……的右邊
	debajo de 在……的下面	

位置的說法

en el centro de
在……的中心

alrededor de
在……的周圍

arriba 上面

abajo 下面

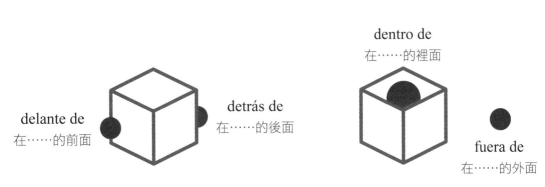

dentro de
在……的裡面

delante de
在……的前面

detrás de
在……的後面

fuera de
在……的外面

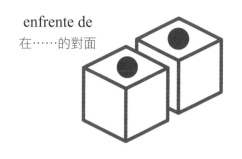

enfrente de
在⋯⋯的對面

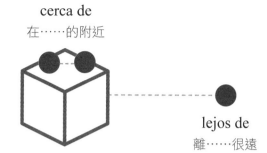

cerca de
在⋯⋯的附近

lejos de
離⋯⋯很遠

 實戰演練：請看圖並完成以下句子。

1. La foto de la Sagrada Familia está _____ de Alejandra.

2. Alejandra está _____ del mapa.

3. Hay un reloj _____ de la chica de información turística.

4. Alejandra está _____ de la mesa de información turística.

5. Hay una mesa _____ Alejandra y la chica de informacion turística.

6. Los cuadros están _____.

7. El reloj está _____ del cuadro de una chica que está bailando.

Lección 2

Comprando billete de tren para ir a Granada

買火車票去格拉納達

本課學習目標：

1. 在火車站窗口買火車票的萬用句型

2. 表達付款方式

3. 肯定命令式的動詞變化和用法

4. 肯定命令式＋直接受詞的用法

Alejandra: Buenas*, un billete para Granada por favor.

你好，一張到格拉納達的票，麻煩你。

Dependiente: ¿Para salir a qué hora?

幾點出發的？

Alejandra: Lo más pronto posible.

越快越好。

Dependiente: Déjame ver, ahora te digo.

讓我看一下，馬上跟妳説。

Dependiente: Hay uno que sale en 20 minutos, pero tienes que caminar rápido. De aquí a la plataforma tardas de 5 a 7 minutos.

有一班20分鐘後出發，可是妳要走很快喔！從這邊走到月台要5-7分鐘。

Alejandra: Vale, ¿hay asiento al lado del pasillo?

好，有靠走道的位子嗎？

*口語上，當地人常用「Buenas」來問候，不一定每次都會講完整的「Buenos días」（早安）、「Buenas tardes」（午安）、「Buenas noches」（晚安）。

Dependiente: Déjame confirmar... No, solo hay asiento al lado de la ventana.

讓我確認一下……沒有，只有靠窗的。

Alejandra: Bueno, no importa. Dame uno por favor.

好吧，沒關係，請給我一張。

Dependiente: Vale, un billete para Granada, ¿ida y vuelta?

好，一張到格拉納達的票，要來回嗎？

Alejandra: No, solo ida.

不用，只要去程。

Dependiente: 65.95 euros.

65.95歐元。

Alejandra: ¿Aceptas tarjeta?

接受信用卡嗎？

Dependiente: Sí, pon la tarjeta aquí. Elige la moneda, ¿euro o moneda de tu país?

可以，請把卡片放在這裡，選擇貨幣，要用歐元還是妳國家的貨幣？

Alejandra: Euro.

歐元。

Dependiente: Firma aquí.

在這邊簽名。

Alejandra: Vale.

好。

Dependiente: Ya está. Toma, aquí está tu billete, plataforma 2A, entra por este lado.

好了，這邊是妳的票，2A月台，從這邊進去。

Alejandra: Gracias.

謝謝。

1. ¿A dónde va Alejandra?

2. ¿A qué hora quiere salir Alejandra?

3. ¿Por qué la dependiente dice que Alejandra tiene que caminar rápido?

4. ¿Qué tipo de asiento quiere Alejandra?

5. ¿Cómo quiere pagar Alejandra?

6. En tu ciudad, ¿cuánto tiempo más o menos tardas en llegar a la plataforma después de comprar el billete de tren?

7. ¿Prefieres asiento al lado de la ventana o al lado del pasillo? ¿Por qué?

8. Normalmente, ¿pagas el billete de tren en efectivo o con tarjeta de crédito? ¿Por qué?

9. Cuando viajas en tren, ¿compras billetes por internet o en la estación normalmente? ¿Por qué?

10. Normalmente, ¿compras el billete de tren unos días antes de tu viaje o cuando llegas a la estación de tren? ¿Por qué?

三　Vocabulario 生詞

（一）名詞

el billete 車票	la tarjeta (de crédito) 信用卡
la plataforma 月台	el euro 歐元
el asiento 座位	la moneda 貨幣
el pasillo 走道	el lado 邊
la ventana 窗戶	el minuto 分鐘
ida y vuelta 來回	

（二）動詞

我們用了哪些 ar 動詞？

dejar 讓（做某事）、把某個東西留下	tardar 花費（多久時間）
dar 給	aceptar 接受
confirmar 確認	firmar 簽名

我們用了哪些 er 動詞？

poner 放

我們用了哪些 ir 動詞？

elegir 選擇	salir 離開、出發

（三）形容詞

rápido/a 快速的（單純指速度）

（四）副詞

pronto 快要的（不久的未來即將發生）

（一）肯定命令式

　　「命令式」這三個字只是文法名詞字面上翻譯，在中文看起來有點上對下或不禮貌的感覺，但是在西語裡面「完全沒有」這樣的意思，是一個非常常用的句式。

　　有兩種情形會需要使用「肯定命令式」。

情形 1：請對方、要求對方做一件事（類似英文的祈使句）

　　請看課文中的例子：

Déjame ver, ahora te digo.
讓我看一下，馬上跟妳說。

Déjame confirmar.
我確認一下。

Dame uno, por favor.
請給我一張。

Pon la tarjeta aquí.
請把信用卡放在這裡。

Elige la moneda.
請選擇貨幣。

Firma aquí.
請在這裡簽名。

Toma, aquí está tu billete.
請拿去，這是妳的票。

Entra por este lado.
請從這邊進去。

類似邏輯的對話情境以下舉例：

例1：在市集買東西時跟店員殺價：

A: Son 25 euros.

25歐元。

B: Déjame a 20 euros.

算我20歐元啦！

例2：在超市買東西時跟店員對話：

A: ¿En qué te puedo ayudar?

我可以幫你什麼嗎？

B: Dame 1 kilo de tomate, por favor.

給我一公斤的番茄，麻煩你。

例3：在搭計程車時跟司機說話：

A: ¿Está aquí tu hotel?

你的飯店在這邊嗎？

B: No, gira a la izquierda.

不是，要左轉。

例4：在餐廳時跟服務生說話：

A: Dame un vaso de agua por favor.

請給我一杯水。

B: Ahora mismo.

馬上來。

💡 情形 2：給對方一個建議

例1：朋友在考慮出國遊學：

A: Estoy considerando estudiar en México por un mes. No sé si voy este año o el próximo año.

我在考慮去墨西哥念一個月的書，不知道今年或明年去。

B: ¡Ve este año! Ahora estás soltera todo es más fácil.

今年去吧！現在你還單身，一切都比較簡單！

例2：朋友在抱怨自己變胖了：

A: Estoy gorda.

我好胖。

B: Yo también, comamos menos.

我也是，我們少吃點吧！

例3：你本週缺課，想跟同學問作業是什麼。

A: ¿Qué ha enseñado el maestro en la clase de esta semana? Dime qué es la tarea por favor.

這星期的課教了什麼？跟我講一下功課是什麼。

B: Es grabar un video de comprar en un supermercado.

（功課）是錄一個在超市買東西的影片。

肯定命令式動詞變化規則

從上面的兩種情形可以知道，請對方做一件事，或是給對方一個建議，在西語裡面都是以動詞的字尾變化來表示，以下列表舉例。

	dar（給）	beber（喝）	escribir（寫）
Tú	da	bebe	escribe
Usted	de	beba	escriba
Nosotros / Nosotras	demos	bebamos	escribamos
Vosotros / Vosotras	dad	bebed	escribid
Ustedes	den	beban	escriban

因為命令式是用來請「對方」做一件事，或是給「對方」一個建議，所以動詞變化只有你、您、你們、您們。另外用「我們」這個變化時，就是提議「我們大家一起做一件事」，類似英文的「Let' s... 」。

剛開始學習使用命令式時，通常對象是跟一個人說話，所以建議可以先多練「tú」或「usted」一種變化就好，練熟一種，絕對比背了一大堆，而要講話時卻全部搞在一起講不出來要好。

＊ 如果是希望對方「不要」做某事，比如說「不要喝那麼多咖啡」、「不要給我功課」，則要用「否定命令式」，動詞是另外一套變化方式，會在第四課學到。

 肯定命令式常見的不規則動詞

由於肯定命令式的不規則動詞變化實在有點多，建議A1～A2學習者，只要先記幾個常用、或本課對話中出現的就好了，等到把這少數幾個練熟、習慣命令式的邏輯之後，再記新的動詞。

	poner（放）	elegir（選擇）	venir（來）	ir（去）
Tú	pon	elige	ven	ve
Usted	ponga	elija	venga	vaya
Nosotros / Nosotras	pongamos	elijamos	vengamos	vayamos
Vosotros / Vosotras	poned	elegid	venid	id
Ustedes	pongan	elijan	vengan	vayan

肯定命令式＋直接受詞的用法

在真實對話中，肯定命令式有很高的機率都是跟著受詞一起出現，有關「六個人稱的直接受詞」，我們藉由下表再回憶一下：

主詞	受詞
Yo	me
Tú	te
Él / Ella / Usted	lo/ la
Nosotros / Nosotras	nos
Vosotros / Vosotras	os
Ellos / Ellas / Ustedes	los/ las

肯定命令式的受詞都會直接加在動詞後面（底線部分為受詞），以下舉例：

例1：買車票時：

A: Dame un billete para Valencia, por favor.

給我一張到瓦倫西亞票，麻煩你。

B: Vale.

好。

例2：朋友打給你，但你在忙時：

　　A: ¡Hola! Soy yo, Andrés. ¿Puedes hablar?

　　　嗨！是我，Andrés。你可以說話嗎？

　　B: Llámame más tarde. Estoy en una reunión.

　　　晚點打給我，我在開會。

例3：跟朋友一起買鞋時：

　　A: Cómpralos, son zapatos muy bonitos.

　　　買吧！很漂亮的鞋子。

　　B: Pero ya tengo muchos en casa.

　　　可是我家已經有很多了！

肯定命令式綜合練習

1. 連連看：將右邊A-J的肯定命令式短句（括弧中為該動詞的原型動詞，供學習者參
   考對照），填入左邊相對應的情境。

以第一題為例：

(1) （ F ）	Cuando estás en taxi, ya estás llegando a tu destino. 你在計程車上，快到目的地了。	A. Baja el volumen, por favor. (bajar)
(2) （ ）	Cuando estás enfadada y tu novio habla mucho. 你很生氣，你男朋友還一直講個不停。	B. Limpia tu habitación. (limpiar)
(3) （ ）	Cuando tu pareja está viendo la televisión y tú quieres estudiar. 另一半在看電視，但你想念書。	C. Escriban la tarea. (escribir)
(4) （ ）	Cuando recibes visitas: 當你接待客人的時候：	D. Beban agua y descansen. (beber)
(5) （ ）	Cuando la habitación de tu hijo está muy sucia. 你兒子的房間很髒的時候。	E. Levántate. (levantarse)
(6) （ ）	Cuando tu pareja tiene que ir a trabajar pero sigue durmiendo. 另一半應該去上班了，卻還繼續睡。	F. Para aquí, por favor. (parar)
(7) （ ）	Los maestros suelen decir a sus estudiantes a final de las clases... 老師們都習慣在下課前跟學生説……	G. Elige uno. (elegir)
(8) （ ）	Cuando quieres decir algo importante a tu esposo. 妳想跟妳先生講一件重要的事。	H. Ven un momento. (venir)
(9) （ ）	Cuando tu pareja no puede decidir. 當你的另一半沒辦法做決定的時候。	I. ¡Cállate! (callarse)
(10) （ ）	Los doctores siempre dicen: 醫生總是説：	J. Pasen, pasen. (pasar)

2

2. 填填看：請用括弧中的動詞，以命令式句子完成對話。

(1) 在車站窗口買車票：

    A: ¿Todavía hay asientos en el tren que sale a las 5:30?

    B: No estoy seguro, _____. (dejar)

(2) 付錢時詢問可否刷卡：

    A: ¿Acepta tarjeta de crédito?

    B: Sí, claro, _____. (poner)

(3) 在車站問工作人員如何上去月台：

    A: ¿Puedo subir por aquí?

    B: Bueno, _____. (entrar)

(4) 寫手機簡訊通知朋友參加派對會遲到：

    A: Perdón, voy a llegar un poco tarde.

    B: _____ (venir), la fiesta ya va a empezar.

(5) 在餐廳點餐時，朋友猶豫不決：

    A: Parece que los 2 son muy deliciosos, no sé qué pedir...

    B: _____. (elegir)

(6) 考慮出國遊學，詢問朋友建議：

    A: Estoy pensando en estudiar español en Guatemala por un mes este año. Dicen que en la ciudad "Antigua" hay muchas escuelas de idiomas. ¿Qué piensas?

    B: Estoy de acuerdo, _____ (ir), es una ciudad bonita y segura.

(7) 幫家人買好車票，問他要放在哪裡：

    A: ¿Dónde te dejo tus billetes?

    B: _____. (dejar)

(8) 忘記會議時間，詢問同事：

A: No me acuerdo a qué hora es la reunión.

B: No me acuerdo tampoco. _____ (confirmar) con _____.

(9) 製作好更新版合約，雙方決定簽約：

A: ¿Está bien así el contrato?

B: Sí, _____. (firmar)

(10) 在水果店買東西時，店員問你還有沒有需要別的：

A: ¿Necesitas algo más?

B: _____. (dar)

（二）越……越好

Lo más ＋形容詞＋ posible

句子中的lo在中文裡沒有相對應的翻譯，你可以把「Lo más＋形容詞＋posible」這整句話，當成一個單位來練習。

請看課文中的例子：

> **Lo más pronto posible.**
> 越快（越早）越好（盡快）。

實戰演練：請用「lo más＋形容詞＋posible」完成以下句子。

1. Pon el tofu apestoso _____ de los extranjeros.

2. Tira la pelota _____.

3. Pega el póster _____.

4. Camina _____, ya vamos a llegar tarde.

（三）讓我……一下

Déjame ＋原型動詞

Déjame當中的Deja的原型動詞是dejar，這個字的意思很多，在本課對話中是「讓、允許」的意思。後面的me是受詞，代表「讓我」的「我」。

請看課文中的例子：

> **Déjame ver, ahora te digo.**
> 讓我看一下，馬上跟你說。
> **Déjame confirmar.**
> 讓我確認一下。

其他常搭配使用的句子如下：

Déjame pensar.

讓我想一下。

Déjame considerar.

讓我考慮一下。

Déjanos probar.

讓我們試試看。

Déjanos descansar un rato.

讓我們休息一下。

實戰演練：請用「déjame ＋一個原型動詞」，完成以下對話。

1. 店員跟你推銷產品時：

A: ¿Te quieres llevar esto?

B: _____. Quiero ver otras cosas también.

2. 朋友邀請你出去時：

A: Vamos a tomar algo después de la clase, ¿vienes?

B: _____. Quizás tengo que volver a la oficina después de la clase.

3. 剛運動了兩小時，朋友打來找你去逛街時：

A: Hay rebajas en El Corte Inglés, ¿vamos?

B: _____. Acabo de volver a casa desde el gimnasio.

4. 你剛考到駕照，自告奮勇開車載大家出去時：

A: ¿Quién conduce hoy?

B: Yo. Ya tengo licencia, yo puedo.

A: ¿Seguro?

B: _____.

本課學習目標：

1. 在電信用品店家買 SIM 卡的萬用句

2. 跟店員簡單社交閒聊

3. 反身動詞的命令式動詞變化和用法

4. 直接受詞與間接受詞

3

Por fin, Alejandra ha llegado a Granada. Ahora tiene que comprar una tarjeta SIM para tener intenet. Está entrando a una tienda telefónica.

終於，Alejandra到了格拉納達。現在她得買一張SIM卡，這樣才有網路。她正走進一間電信用品店家。

Dependiente: Buenas tardes. ¿En qué puedo servirle?

午安，有什麼可以為您服務的嗎？

Alejandra: Estoy buscando tarjeta SIM para tener internet. ¿Qué paquetes tenéis?

我正在找上網用的SIM卡，你們有什麼方案？

Dependiente: Siéntese aquí, por favor. Ahora le explico. Mire, aquí están todas las tarifas, hay paquetes de 1 semana, 2 semanas o un mes, con opciones de 5 GB, 10 GB o 20 GB.

這邊請坐，我現在跟您說明。您看，這邊是所有的費率，有1週、2週或一個月的方案，可以選擇5GB、10GB或20GB。

Alejandra: ¿Permite hacer llamadas?

是能打電話的嗎？

Dependiente: Sí, 20 minutos de llamadas a teléfonos fijos y móviles nacionales.

有，可以打20分鐘的國內市內電話和手機。

Alejandra: Voy a querer este de 1 mes, con 10 GB. ¿10 GB es suficiente para enviar mensajes por WhatsApp, FB, consultar Google Maps y subir fotos?

我要這個1個月、10GB的好了。傳WhatsApp、臉書訊息、查Google地圖、上傳照片，這樣10GB夠嗎？

Dependiente: Supongo que sí. Si no baja muchos videos, 10 GB es suficiente.

我認為夠的。如果您沒有下載很多影片的話，10GB很夠用。

Alejandra: Vale.

好的。

Dependiente: Permítame su pasaporte.

護照麻煩給我看一下。

Alejandra: Sí, aquí está.

好，在這邊。

Dependiente: Deme un segundito* por favor. Ahora introduzco sus datos.

請等我一下，我幫您輸入資料。

Alejandra: Vale.

好的。

Dependiente: ¿Le ayudo a poner la tarjeta?

我幫您放卡片嗎？

Alejandra: Sí, por favor.

好，麻煩你。

*「一秒」的西語是「segundo」，字尾改為「ito」有「小化」的意思，好像所需的時間比一秒還短，引申為「很快就會好」的意思。

Dependiente: Bueno, ya está. Aquí está la tarjeta de su país, tiene que guardarla bien. En total son 28 euros.

好了。這邊是您原國家的卡片，您要保管好，一共是28歐元。

Alejandra: ¿Acepta tarjeta?

接受信用卡嗎？

Dependiente: Sí, claro.

當然。

Alejandra: Tome.

請拿去。

Dependiente: Habla muy bien español. ¿Cuánto tiempo lleva aquí en España?

您西班牙語說得很好，您來西班牙多久了？

Alejandra: Pues hoy es mi primer día, acabo de llegar. He estudiado 5 meses en mi país.

今天是我的第一天，我剛到。我在我的國家學了5個月。

Dependiente: ¡Anda! ¡Bienvenida! ¿Y qué va a hacer aquí en Granada? ¿De visita o estudiar?

哇！歡迎！那您要在格拉納達做什麼呢？來旅遊還是讀書？

Alejandra: Vengo a estudiar por 1 mes, en la universidad de Granada.

我來念1個月的書，在格拉納達大學。

Dependiente: ¡Qué bien! ¡Bienvenida!

真好！歡迎！

Alejandra: Gracias. Por cierto, ¿cómo puedo llegar a esta dirección (enseñando el mapa de Google) desde aquí?

謝謝。對了，從這邊要怎麼去這個地址呢（手指Google地圖）？

Dependiente: Como tiene muchas maletas, le recomiendo tomar un taxi. No es muy caro, son 5-7 euros más o menos.

由於您行李很多，我建議您搭計程車，不會很貴，大概5-7歐元。

Alejandra: Vale, gracias. Hasta luego.

好，謝謝，再見。

Dependiente: Hasta luego.

再見。

3

1. ¿En dónde está comprando Alejandra la tarjeta SIM?

2. ¿Qué paquetes hay en la tienda telefónica?

3. ¿Qué paquete prefiere Alejandra?

4. ¿Para qué quiere Alejandra internet?

5. ¿Cómo paga Alejandra por su tarjeta SIM?

6. ¿Cómo va Alejandra al siguiente destino? ¿Por qué?

7. Cuando viajas, ¿compras tarjeta SIM o buscas lugares con wifi gratis para tener internet?

8. En tu país, ¿cómo un turista puede comprar una tarjeta SIM?

9. Cuando viajas, ¿compras tarjeta SIM en tu país o cuando llegas al país que viajas?

10. Cuando viajas, ¿puedes pasar unos días sin internet? ¿Por qué?

三　Vocabulario 生詞

（一）名詞

la tarjeta SIM　SIM卡	el paquete　方案
la tienda telefónica　電信用品店	el móvil　手機
la tarifa　費率	el teléfono fijo　市內電話
la opción　選擇	el pasaporte　護照
la maleta　行李	la dirección　地址

（二）動詞

我們用了哪些 ar 動詞？

bajar videos　下載影片	guardar　留存、收起來、保管
consultar　請教、查詢	explicar　解釋
dar(me) un segundito　等（我）一下	ayudar　幫忙
enviar mensajes　傳簡訊	

我們用了哪些 er 動詞？

hacer llamadas　打電話

我們用了哪些 ir 動詞？

servir　服務	venir　來
permitir　允許	subir fotos　上傳照片
introducir　輸入	

我們用了哪些反身動詞？

sentarse　坐下

（三）形容詞

nacional　國家的、國內的　　　　　　bienvenido/a　歡迎的

suficiente　足夠的　　　　　　　　　fijo/a　固定的

（四）連接詞

pues　那……，其實　　　　　　　　como　由於

por cierto　對了

（五）感嘆詞

¡Anda!　哇！哎呀！

（六）片語

de visita　參觀、旅遊

（一）反身動詞命令式

我們先來看看這一課當中出現過的所有命令式句子。

> **Siéntese aquí, por favor.**
>
> 這邊請坐。（原型動詞為反身動詞sentarse）
>
> **Mire, aquí están todas las tarifas.**
>
> 您看，這邊是所有的費率。（原型動詞為mirar）
>
> **Permítame su pasaporte.**
>
> 護照麻煩給我看一下。（原型動詞為permitir，加受詞me）
>
> **Deme un segundito por favor.**
>
> 請等我一下（給我一秒鐘）。（原型動詞為dar，加受詞me）
>
> **Tome.**
>
> 請拿去。（原型動詞為tomar）

我們在《我的第二堂西語課》的第五課，已經學過反身動詞，它的基本概念就是「作用在自己身上的動詞」。您可以拿《我的第二堂西語課》出來詳細複習，或掃描這個QR Code看我們錄製的說明影片。

反身動詞		
	主詞	自己（受格代名詞）
我自己	Yo	me
你自己	Tú	te
他／她／您自己	Él / Ella / Usted	se
我們（陽性）自己／ 我們（陰性）自己	Nosotros / Nosotras	nos
你們／妳們自己	Vosotros / Vosotras	os
他們／她們／您們自己	Ellos / Ellas / Ustedes	se

反身動詞以命令式形式出現時，那六個「自己」要怎麼辦呢？肯定時加在動詞後面（連寫為一個字），否定時加在動詞前面（分開寫為兩個字），以下列表說明。

反身動詞以命令式形式出現		
反身動詞原型	肯定（請對方做……）	否定（請對方不要做……）
casarse （自己結婚）	Cásate. （結婚吧！）	No te cases. （別結婚！）
despertarse （自己醒來）	Despiértate. （醒醒吧！）	No te despiertes. （別醒來！）
levantarse （自己起床）	Levántate. （起床吧！）	No te levantes. （別起床！）
acostarse （自己躺下）	Acuéstate. （躺下吧！）	No te acuestes. （別躺下！）
cepillarse （自己刷牙）	Cepíllate. （刷牙吧！）	No te cepílles. （別刷牙！）
lavarse （自己洗身體某部分）	Lávate las manos. （洗手吧！）	No te laves las manos. （別洗手！）
ducharse （自己淋浴）	Dúchate. （淋浴吧！）	No te duches. （別淋浴！）
bañarse （自己洗澡）	Báñate. （洗澡吧！）	No te bañes. （別洗澡！）
maquillarse （自己化妝）	Maquíllate. （化妝吧！）	No te maquilles. （別化妝！）
afeitarse （自己刮鬍子）	Aféitate. （刮鬍子吧！）	No te afeites. （別刮鬍子！）
vestirse （自己穿衣、打扮）	Vístete. （穿衣服吧！）	No te vistas. （別穿衣服！）
ponerse （自己穿、戴）	Ponte abrigo. （穿外套吧！）	No te pongas abrigo. （別穿外套！）
quedarse （自己留下）	Quédate. （留下來吧！）	No te quedes. （別留下！）
sentarse （自己坐下）	Siéntate. （請坐！）	No te sientes. （別坐！）
pararse （自己起立）	Párate. （起立吧！）	No te pares. （別起立！）
irse （自己離開）	Vete. （你走吧！）	No te vayas. （別走！）

看完這個表格，就會發現這種變化如此豐富的動詞型態，用傳統方法硬背動詞型態是沒有效果的。這個表格是提供給各位理解／查詢使用的，千萬不要拿來一個一個背！

我們的建議是，把整個句子當作一個單位來練，套用在不同的對話情境當中，練到自然反應為止。在練習的時候根本不要思考「這是原型ar結尾還是ir結尾的動詞」、「這是肯定還是否定變化」、「我現在要把反身動詞的『自己』放在前面還是後面」，而是整句話直接背出來。如果每一層都要想一遍，講話是鐵定來不及的，而且講兩句就累了。

以下練習都是兩句兩句的對話情境，請您從前面表格選擇一句合適的話來回答，AB對話反覆練，可以假想跟自己講話，或是找一個同學一起對話，對話的時候不要思考動詞為什麼是這樣講，整句先吐出來就對了。

 實戰練習：請完成以下對話，並反覆練習。

1.

A: No sé si casarme con él... Es muy buena persona, pero no tiene mucho dinero...

B: _____ (casarse) con él. Estás muy feliz con él, ¿no?

A: Cariño, ya estoy en casa.

B: Dios mío, _____ (bañarse), estás todo mojado.

A: Me voy a acostar, tengo mucho sueño.

B: Vale, _____ (cepillarse) primero.

A: ¿Ya está la comida?

B: Sí, _____ (lavarse las manos) y _____ (sentarse)

a comer.

5.

A: ¿A qué hora vamos a la cena con tus compañeros de trabajo?

B: A las 7, ya casi tenemos que salir, _____ (maquillarse).

6.

A: ¿Vamos a pasear a los perros?

B: Sí, pero _____ (ponerse) abrigo. Está haciendo mucho frío.

7.

A: ¡_____ (levantarse)! Ya son las 9.

B: 10 minutos más.

（二）間接受詞

在西語裡，受詞有分「直接受詞」和「間接受詞」兩種，在《我的第二堂西語課》裡面的P.52，我們已經學過直接受詞，這一課要來討論間接受詞。

本課課文中出現過「直接受詞」的有以下幾句（紅色部分為直接受詞）：

Aquí está la tarjeta de su país, tiene que guardarla bien.
這邊是您原國家的卡片，您要保管好。

Permítame su pasaporte.
護照麻煩一下。

本課課文中出現過「間接受詞」的有以下幾句（紅色部分為間接受詞）：

Deme un segundito por favor.
請等我一下（給我一秒鐘）。

¿En qué puedo servirle?
有什麼我可以為您服務的嗎？

Ahora le explico.
我跟您說明一下。

¿Le ayudo a poner la tarjeta?
我幫您把卡片放進去嗎？

Como tiene muchas maletas, le recomiendo tomar un taxi.
由於您的行李很多，我建議您搭計程車。

我們怎麼知道什麼是直接受詞、什麼是間接受詞呢？這個不需要硬背，可以用文意上的邏輯去理解。

例如「他給我錢」這句話，「他」必須先拿「錢」，然後才可以給「我」。所以「錢」是直接受詞，「我」是間接受詞。又如「有什麼我可以為您服務的嗎？」這句話，「我」必須先把「要做的事情」做出來，才能幫「您」提供服務。所以「要做的事情」是直接受詞，「您」是間接受詞。

六個人稱的直接受詞和間接受詞，只有「Él/ Ella/ Usted」和「Ellos/ Ellas/ Ustedes」是不同的，所以對話中需要用到受詞時，只有講到第三人稱，才需要想一下

是直接或間接，其他人稱因為直接與間接說法相同，就不用硬要想清楚才講，反正直接說出來都不會錯。

六個人稱的直接受詞和間接受詞，以下列表說明：

主詞	直接受詞	間接受詞
Yo	me	me
Tú	te	te
Él / Ella / Usted	lo/ la	le
Nosotros / Nosotras	nos	nos
Vosotros / Vosotras	os	os
Ellos / Ellas / Ustedes	los/ las	les

最後，再提一下受詞的位置，有三種情形：

> 1. 受詞在原型動詞「後面」：原型動詞＋受詞

> 2. 受詞在肯定命令式動詞「後面」：肯定命令式＋受詞

> 3. 受詞在變化過的動詞「前面」（命令式除外）：受詞＋變化過的動詞

以下舉例說明：

1. 受詞在原型動詞「後面」：

如課文當中出現的：

Aquí está la tarjeta de su país, tiene que guardar**la** bien. （guardar是原型動詞，受詞la在後面）

這邊是您原國家的卡片，您要保管好。

¿En qué puedo servir**le**?（servir是原型動詞，受詞le在後面）

有什麼我可以為您服務的嗎？

2. 受詞在肯定命令式動詞「後面」：

Permíta**me** su pasaporte.（permita是命令式動詞，受詞me在後面）

護照麻煩給我看一下。

De**me** un segundito por favor.（dé是命令式動詞，受詞me在後面）

請等我一下（給我一秒鐘）。

3. 受詞在變化過的動詞「前面」（命令式除外）：

如課文當中出現的：

Ahora **le** explico.（explico是變化過的動詞，受詞le在前面）

我跟您說明一下。

¿**Le** ayudo a poner la tarjeta?（ayudo是變化過的動詞，受詞le在前面）

我幫您把卡片放進去嗎？

　　第三種是中文母語者會覺得比較彆扭的順序，因為跟中文的順序算是相反，建議你如果想不通的時候，可以想一下我們在剛開始學西班牙語時都會學到的一句話：「Te amo.」（我愛你），這邊的「te」就是受詞（我），「amo」是變化過的動詞（我愛），受詞「te」就是在變化過的動詞「amo」前面喔！

 實戰演練：請填入受詞，並完成以下對話。

1. 走進店家，店員詢問有什麼需要幫忙的：

A: ¿En qué puedo servir_____?

B: Solo estoy viendo. _____ aviso cualquier cosa.

2. 上課聽不懂，請老師再解釋一遍：

A: ¿Ya todos entendéis esta gramática? ¿Alguna pregunta?

B: No _____ he entendido. ¿_____ puede explicar con más ejemplos?

3. 跟餐廳服務生要一杯水：

A: ¿ _____ puedes traer un vaso de agua, por favor?

B: Vale, ahora _____ traigo.

4. 不知道要買什麼禮物給女朋友，詢問其他朋友的建議：

A: La próxima semana es el cumpleaños de mi novia, no sé qué regalo _____ puedo comprar.

B: Yo _____ recomiendo comprar un cupón de un centro comercial, es más fácil.

5. 有人想跟你交換WhatsApp帳號：

A: ¿ _____ puedes dar tu cuenta de WhatsApp?

B: Claro, mira, este es el código QR, escanéa_____.

6. 詢問店員某產品怎麼使用：

A: ¿Cómo se usa esta máquina?

B: Es fácil, _____ explico.

7. 討論繳交西班牙語功課的事：

A: ¿Has terminado la tarea?

B: No, todavía no _____ he terminado. ¿Y tú?

A: Yo tampoco. ¿Cuándo tenemos que enviar la tarea al maestro?

B: Antes del viernes. Pero _____ voy a enviar la tarea el jueves, porque el viernes tengo reunión todo el día.

（三）可以／允許

Permite...

「permite」的原型動詞是「permitir」，本意是允許，可以用來詢問「這個環境／情況下」是否允許做某事，或是用來要求對方出示某物。

請看課文中的例子：

¿Permite hacer llamadas?
是能打電話的嗎？（在此情況下可以打電話嗎？）
Permítame su pasaporte.
護照麻煩一下。

實戰演練：請用「permitir」這個動詞完成以下對話。

1. 參觀別人公司時詢問可否拍照：

   A: ¿ _____ ?

   B: No, la empresa no permite tomar fotos en la fábrica.

2. 打電話到旅館詢問能否帶寵物：

   A: Hola. ¿ _____ ?

   B: Sí, el hotel permite entrar mascotas. No hay problema.

3. 兩個媽媽一起聊教養，討論允許孩子做什麼：

   A: ¿ _____ ?

   B: Claro. Ya tienen más de 18 años.

4. 兩個養狗的人在聊天，討論允許狗狗在哪裡睡覺：

   A: ¿ _____ ?

   B: No, en la cama no. Pero sí les permito dormir en el sofá.

5. 語言學校請你出示繳費收據（recibo）：

   A: ¿ _____ ?

   B: Vale, déjame buscar...Ya lo he encontrado, aquí está.

（四）我認為是的。

Supongo que sí.

也可以說「Creo que sí.」，但「Supongo que sí.」更有「推測」的意味。

請看課文中的例子：

Supongo que sí. Si no baja muchos videos, 10 GB es suficiente.
我認為夠的。如果您沒有下載很多影片的話，10GB很夠用。

 實戰演練：請完成以下對話。

1. 有人詢問你配偶是否會出席聚會：

A: ¿Tu marido/ mujer va a venir a la fiesta?

你先生／太太會來派對嗎？

B: _____.

我認為會的！

2. 西班牙語老師問你下一期課程要不要繼續上：

A: ¿Vas a continuar el próximo nivel?

你下一期課程要繼續上嗎？

B: _____, ¿el horario es igual?

應該會的，上課時間一樣嗎？

3. 同學問你明年去西班牙念書的計畫是否真的會執行：

A: ¿Seguro que vas a estudiar en España el próximo año?

你確定明年會去西班牙念書嗎？

B: _____, ya estoy buscando información de escuelas de

idioma.

我想是的，我已經在找語言學校的資料了！

（五）由於

意思很接近於「porque」（因為），但更正式一點，並且多用於句子的開頭，表示說話者的「原因」，在對話中是一個比較重要的資訊。

請看課文中的例子：

Como tiene muchas maletas, le recomiendo tomar un taxi.
由於您行李很多，我建議您搭計程車。

也可以說：「Le recomiendo tomar un taxi, porque tiene muchas maletas.」表示說話者的「結論」（建議搭計程車）是一個比較重要的資訊，後面才把原因補充出來。

 實戰演練：請用 Como 開頭，來回答以下問題。

1. 到其他國家去旅行，當地朋友問你怎麼不買張SIM卡：

   A: ¿Por qué no compras una tarjeta SIM?

   B: _____.

2. 在電信用品店，店員跟你推銷比較高價的方案，你想找個理由拒絕：

   A: Te recomiendo este paquete de 50 GB, ¿qué te parece?

   B: _____.

3. 跟一起旅行的朋友討論如何到下一個景點，朋友想走路，你想說服他搭計程車：

   A: Prefiero ir caminando, así podemos ver las tiendas en la calle.

   B: Pero tenemos muchas maletas. Además, _____.

4. 剛到西班牙南部去遊學，當地人問你怎麼會選擇南部，你要給他一個理由：

   A: ¿Por qué has decidido venir al sur de España? Muchos estudiantes
   internacionales van a Madrid.

   B: _____.

Lección

4

El primer encuentro con la familia anfitriona

跟寄宿家庭
第一次見面

本課學習目標:

1. 和陌生人見面的寒暄、社交

2. 介紹家裡的空間

3. 否定命令式的動詞變化和用法

4. 用不同程度的強度表達形容詞

Alejandra ha tomado un taxi desde la estación de tren hasta la casa de su familia anfitriona. Está tocando el timbre. La madre de la familia se llama Ángela, y el padre se llama José.

Alejandra從火車站搭了計程車到她的寄宿家庭住處。她正在按門鈴。寄宿家庭轟媽叫做Ángela，轟爸叫做José。

Alejandra: ¡Hola! Soy Alejandra, la estudiante de Taiwán.

嗨！我是Alejandra，台灣的學生。

(Ha bajado la hija de Angela, se llama Paula.)

（Ángela的女兒下樓，她叫Paula。）

Paula: ¿Alejandra?

Alejandra嗎？

Alejandra: Sí, soy yo. Encantada. ¿Es usted Ángela?

對，是我，很高興認識您。您是Ángela嗎？

Paula: Soy su hija, me llamo Paula. Bienvenida. ¿Te ayudo con las maletas?

我是她女兒，我叫Paula，歡迎。我幫妳拿行李吧？

Alejandra: Muy amable, gracias.

太好了，謝謝。

Paula: Ven, aquí está el ascensor. ¿Qué tal el viaje?

來，電梯在這裡，旅程怎麼樣？

Alejandra: Bien, pero estoy muy cansada.

很好，可是好累。

Paula: Es un viaje muy largo, ¿no?

很遠的行程，對吧？

Alejandra: Si, larguísimo. He hecho 2 escalas, en total son 21 horas en avión, y luego 3.5 horas en tren para llegar a Granada desde el aeropuerto de Madrid.

對啊，超遠！我轉了2次機，一共飛了21小時，然後從馬德里機場搭了3.5小時的火車到格拉納達。

Paula: ¡Madre mía! Debes estar cansadísima.

我的媽呀！妳應該累死了吧！

Alejandra: Sí. Ahora lo que necesito es ducharme y dormir.

對啊！我現在需要的是洗澡和睡覺。

Paula: Me imagino. Ya llegamos, la casa está en la tercera planta. Cuando sales del ascensor, a la izquierda.

可以想像，我們到了，我們家在三樓，電梯出來左轉。

Alejandra: Vale.

好的！

Paula: Mamá, ha llegado Alejandra. La pobrecita, ha estado 21 horas en avión.

媽媽，Alejandra到了。可憐蟲，搭了21小時的飛機。

Alejandra: Hola, ¿es usted Ángela?

嗨，您是Ángela嗎？

Ángela: Sí, soy Ángela. Bienvenida. Ven, te enseño tu habitación.

對，我是Ángela，歡迎。來，我帶妳看妳的房間。

Alejandra: Perfecto.

好！

Ángela: Esta habitación es tuya. Hay 2 camas individuales, pero sólo es para ti. Y aquí está el baño. El baño sí es compartido, tienes que compartir con la otra estudiante, ella se queda en aquella habitación, es de Francia. Este espacio es suyo, y aquí arriba es tuyo. Puedes dejar tus cosas aquí, como cepillo de dientes, pasta de dientes, toallas, etc.

這個房間是妳的，有2張單人床，不過都是給妳的。然後廁所在這裡。廁所就是共用的了，妳要跟另外一個學生共用，她住在那間房間，法國人。這個空間是她的，上面這邊是妳的，妳可以把妳的東西放在這裡，牙刷、牙膏、毛巾那些的。

Alejandra: Entiendo. No hay problema.

我懂，沒問題。

Ángela: Bueno, esto es todo. ¿Tienes hambre? La cena es a las 9 de la noche normalmente, pero como acabas de llegar desde un lugar lejísimo, si tienes hambre, te puedo preparar algo.

好，大概就這樣。妳餓不餓？平常晚餐時間是9點，不過由於妳剛從那麼遠的地方來，如果肚子餓的話，我可以準備點東西給妳。

Alejandra: No se preocupe. He comido un poco en la estación de tren. Ahora prefiero ducharme primero.

不用擔心，我已經在火車站吃了一點，我現在想先洗個澡。

Ángela: Vale. Entonces cenamos a las 9 todos juntos. Si necesitas algo, avísame.

好，那我們就9點一起吃，如果需要什麼的話，通知我。

Alejandra: Gracias.

謝謝。

4

1. ¿Qué miembros（成員） de familia hay en la familia anfitriona de Alejandra?

2. Con Alejandra, ¿cuántas estudiantes de español hay en la familia anfitriona?

3. ¿Cuántas horas de vuelo（班機） ha hecho Alejandra?

4. ¿Quién ha bajado por Alejandra?

5. ¿A qué hora cena la familia anfitriona normalmente?

6. ¿Por qué Alejandra no ha querido comer algo primero?

7. ¿Alejandra tiene que compartir la habitación y el baño con alguien?

8. ¿De cuántas horas ha sido el viaje más largo que has hecho? ¿A dónde?

9. ¿Qué es lo primero que quieres hacer después de un viaje largo?

10. ¿Crees que es una buena opción quedarse con una familia anfitriona? ¿Por qué?

三 Vocabulario 生詞 ▶ MP3-10

（一）名詞

el aeropuerto 機場	la cama individual 單人床
la familia anfitriona 寄宿家庭	el cepillo de dientes 牙刷
el timbre 門鈴	la pasta de dientes 牙膏
el ascensor 電梯	la toalla 毛巾
la tercera planta 三樓	el pobrecito / la pobrecita 可憐的小東西
el espacio 空間	el hambre 饑餓
la maleta 行李	

（二）代名詞

tuyo/a 你的（所有格代名詞）	suyo/a 您的、他的（所有格代名詞）
algo 任何東西、一些東西	

（三）動詞

我們用了哪些 ar 動詞？

tocar el timbre 按門鈴	dejar 留下、讓、放
ayudar 幫忙	avisar 通知
enseñar 展示、教	

我們用了哪些 er 動詞？

hacer escala 轉機	deber 應該

我們用了哪些 ir 動詞？

compartir 分享、共用

4

我們用了哪些反身動詞？

preocuparse 擔心	ducharse 洗澡

（四）形容詞

amable 親切的	compartido/a 分享的、共用的
larguísimo/a 很長、很遠的	lejísimo 很遠的
cansadísimo/a 很累的	individual 獨立的

（五）副詞

juntos/as 一起的

（六）感嘆詞

¡Madre mía! 我的媽呀！

Estructura de la oración 語法與句型

（一）否定命令式

 否定命令式動詞變化規則

請看課文中的例子：

> **No se preocupe.**
> （您）不用擔心。

請對方「不要」做某件事時，會需要使用「否定命令式」，西語裡面以「no」＋動詞的字尾變化來表示，以下列表舉例規則動詞的變化。

	dar（給）	beber（喝）	escribir（寫）
Tú	no des （你別給）	no bebas （你別喝）	no escribas （你別寫）
Usted	no de （您別給）	no beba （您別喝）	no escriba （您別寫）
Nosotros / Nosotras	no demos （我們別給）	no bebamos （我們別喝）	no escribamos （我們別寫）
Vosotros / Vosotras	no deis （你們別給）	no bebáis （你們別喝）	no escribáis （你們別寫）
Ustedes	no den （您們別給）	no beban （您們別喝）	no escriban （您們別寫）

 否定命令式常見的不規則動詞

以下反身動詞、不規則動詞常常以否定形式在對話中出現，因為命令式動詞真的有點多，再次建議學習者可以先專注於練習第二人稱「tú」或「usted」其中一種變化，練熟了之後再開始練習其他人稱。

另外，機械式的背誦只要選幾個動詞，熟悉一下就好，因為即使能將書上的表格倒背如流，對話當中能否自然反應，還是兩件事，畢竟我們最終希望做到的，都是「對話時可以不太需要思考語法」，因此建議學習者們可以把那幾句常常以否定形式

出現的句子，整句為一個單位背起來，不要太去思考「這個動詞變化是怎麼來的」，這樣的練法會更有效果一點。

	preocuparse（擔心）	venir（來）	poner（放）	ir（去）	irse（走掉）
Tú	no te preocupes（你別擔心）	no vengas（你別來）	no pongas（你別放）	no vayas（你別去）	no te vayas（你別走掉）
Usted	no se preocupe（您別擔心）	no venga（您別來）	no ponga（您別放）	no vaya（您別去）	no se vaya（您別走掉）
Nosotros / Nosotras	no nos preocupemos（我們別擔心）	no vengamos（我們別來）	no pongamos（我們別放）	no vayamos（我們別去）	no nos vayamos（我們別走掉）
Vosotros / Vosotras	no os preocupéis（你們別擔心）	no vengáis（你們別來）	no pongáis（你們別放）	no vayáis（你們別去）	no os vayáis（你們別走掉）
Ustedes	no se preocupen（你們別擔心）	no vengan（你們別來）	no pongan（你們別放）	no vayan（你們別去）	no se vayan（你們別走掉）

實戰演練：請用命令式完成以下對話。

1. 家人擔心你沒吃飯時，請他們不用擔心：

A: Ya llevas 5 horas trabajando, ¿no vas a cenar?

B: _____, todavía no tengo hambre.

2. 朋友確認你會不會出席聚會時，請你別攜伴出席聚會：

A: ¿Vas a llegar a la reunión del sábado?

B: Sí, claro.

A: Bien, pero _____ con tu esposo, vamos a hablar cosas de chicas.

3. 去朋友家作客時，朋友請你別把東西放在地上：

A: ¡Pasa, pasa! ¡Bienvenido!

B: Gracias. ¡Tu casa es muy bonita! ¿Puedo poner mi mochila aquí?

A: _____ en el suelo. La puedes poner encima del sofá.

4. 朋友問你對一間餐廳的評價時，你叫他不要一個人去用餐：

A: ¿Has ido al restaurante mexicano cerca de la oficina?

B: Sí, es bueno pero un poco caro. Además, los platos son grandísimos, _____, es mejor ir con 2-3 personas para compartir.

5. 跟同事談完事情準備離開時，你叫對方先別走：

A: Bueno, pues ya está. Me voy.

B: ¡Espera! _____, te quiero preguntar algo.

6. 跟同事說火車站附近很難停車，叫他搭計程車去時，別開車去：

A: ¿Qué plan tienes para esta noche?

B: Un amigo me ha invitado a cenar en su casa, cerca de la estación de tren.

A: ¡Qué bueno! Pero mejor _____ en taxi, no _____ en tu coche. Para encontrar un parqueo por allí es dificilísimo.

7. 打電話問朋友能不能去他家時，他叫你不要今天去：

A: Oye, ¿Puedo pasar por tu casa esta noche? Voy a estar cerca por casualidad （剛好）.

B: _____ hoy, tengo que preparar un reporte para mañana. No voy a tener tiempo.

A: Bueno, no hay problema, otro día entonces.

8. 提醒家人別忘了刷卡買電影票，可以賺點數：

A: Recuerda que el sábado vamos al cine.

B: Sí, lo recuerdo. _____ comprar las entradas con tu tarjeta, para ganar puntos.

A: Claro, yo las compro.

9. 醫生請病人別緊張：

Doctor: Luis, _____ nervioso. Todo va a salir bien.

Paciente: Doctor, yo no me llamo Luis.

Doctor: Lo sé, yo soy Luis.

10. 請汽車業務別把你想買的車賣掉：

A: Hola, ¿todavía tienes el coche?

B: Sí, pero hoy viene una persona a verlo.

A: _____, yo quiero comprarlo.

（二）非常……／超級……

形容詞＋ ísimo, ísima

請看課文中的例子：

Sí, larguísimo.
對阿，超遠。

Debes estar cansadísima.
你應該累死了吧！

西語的形容詞，字尾加上ísimo, ísima，就可以變成「非常……」、「超級……」的意思，以下舉例常用的形容詞：

	中文原意	很……	非常……／超級……
cansado/a	累的	muy cansado/a	cansadísimo/a
contento/a	高興的	muy contento/a	contentísimo/a
bueno/a	好的	muy bueno/a	buenísimo/a
malo/a	不好的	muy malo/a	malísimo/a
largo/a	長的	muy largo/a	larguísimo/a
corto/a	短的	muy corto/a	cortísimo/a
lejos	遠的	muy lejos	lejísimo
cerca	近的	muy cerca	cerquísima
caro/a	貴的	muy caro/a	carísimo/a
barato/a	便宜的	muy barato/a	baratísimo/a
guapo/a	漂亮的／帥的	muy guapo/a	guapísimo/a
feo/a	醜的	muy feo/a	feísimo/a
interesante	有趣的	muy interesante	interesantísimo/a
aburrido/a	無聊的	muy aburrido/a	aburridísimo/a
fácil	簡單的	muy fácil	facilísimo/a
difícil	難的	muy difícil	dificilísimo/a

4

實戰演練：請用「形容詞＋ísimo, ísima」完成以下對話。

1. 男朋友帶女朋友去吃飯時：

   A: ¿Por qué siempre me traes a este restaurante?

   B: Porque la comida aquí es _____.

2. 回到寄宿家庭，轟媽關心你的西班牙語課狀況時：

   A: ¿Cómo ha sido tu clase de español de hoy?

   B: Ha sido _____.

3. 回到寄宿家庭，轟爸關心你的考試狀況時：

   A: ¿Qué tal tu examen?

   B: ¡_____! Lo he terminado en 30 minutos.

4. 聽說同事搬家了，問他新家在哪裡：

   A: ¿Te has mudado? ¿Dónde vives ahora?

   B: Mi casa está _____ ahora, tardo 50 minutos en llegar a la oficina.

5. 超市打折超便宜，跟家人說把握機會去補貨：

   A: ¡Vamos al supermercado! Hay descuento hoy, las verduras están _____.

   B: Buena idea. ¡Vamos!

（三）所有格代名詞

請看課文中的例子：

Esta habitación es tuya.
這個房間是你的。

Este espacio es suyo.
這個空間是他的。

Y aquí arriba es tuyo.
上面這邊是你的。

對話當中出現過的東西，第二次再以所有格形式出現時，就可以用所有格代名詞來換掉，避免一直重複講相同的字。所有格代名詞的陰陽性、單複數，都要按照後面所接的物品來決定，以下舉例：

Este cepillo de dientes es mío.

這牙刷是我的。（牙刷是陽性、單數，所以用mío）

Estos cepillos de dientes son míos.

這些牙刷是我的。（牙刷是陽性、複數，所以用míos）

Esta toalla es tuya.

這個毛巾是我的。（毛巾是陰性、單數，所以用tuya）

Estas toallas son tuyas.

這些毛巾是我的。（毛巾是陰性、複數，所以用tuyas）

主詞	所有格形容詞 （某人的＋一個東西）	所有格代名詞 （某人的，後面不加東西）
Yo	mi/ mis （我的……）	mío(s)/ mía(s) （我的）
Tú	tu/ tus （你的……）	tuyo(s)/ tuya(s) （你的）
Él / Ella / Usted	su/ sus （他的／她的／您的……）	suyo(s)/ suya(s) （他的／她的／您的）
Nosotros / Nosotras	nuestro/ nuestros nuestra/ nuestras （我們的……）	nuestro(s)/ nuestra(s) （我們的）
Vosotros / Vosotras	vuestro/ vuestros vuestra/ vuestras （你們的……）	vuestro(s)/ vuestra(s) （你們的）
Ellos / Ellas / Ustedes	su/ sus （他們的／她們的／ 您們的……）	suyo(s)/ suya(s) （他們的／她們的／您們的）

實戰演練：請用所有格代名詞完成以下對話。

1. 失物招領：

   A: ¿De quién es este libro?

   B: Es _____（我的）.

2. 失物招領：

   A: ¿De quién son estas toallas?

   B: Son _____（我們的）.

3. 在辦公室發現不知道是誰的東西時：

   A: ¿Estas cosas son tuyas?

   B: No, no son _____（我的），

   son de mi compañero.

4. 自己的鑰匙跟家人的弄混時：

   A: ¿Esta llave es _____ o _____

   （你的還是我的）?

   B: Creo que es mía.

5. 朋友來家裡作客時：

   A: ¿Esta habitación es de tus padres?

   B: Sí, es _____（他們的）.

Lección 5

Alquilando y compartiendo un piso con otras personas

跟別人合租房子

本課學習目標：

1. 租房子／看房子所需要的萬用句

2. 描述家中空間／家具／家電

3. 未來式動詞變化和用法

4. 現在分詞當形容詞的用法

Si no quieres quedarte con una familia anfitriona como Alejandra, la otra opción es alquilar un piso. Puedes compartir un piso con otros estudiantes. Te recomendamos buscar un piso compartido con la gente local, para poder practicar más español y conocer mejor el país.

如果你不想跟Alejandra一樣待在寄宿家庭，另一個選擇就是跟其他學生租房子。我們建議你跟當地人一起合租房子，這樣可以練習西班牙語，並且更深度認識這個國家。

Esta es una conversación normal entre una persona que está buscando piso compartido (Sara) y gente que está buscando compañeros de piso (Laura).

這課是一個找分租房子的人（Sara）和找室友的人（Laura）之間的一般對話示範。

Sara: ¡Hola! He llamado esta mañana para venir a ver un piso compartido con Laura y Paulina, me llamo Sara.

嗨，我今天早上有來電，要來看跟Laura和Paulina分租的房子，我叫Sara。

Laura: Hola Sara. Soy Laura. Pasa.

嗨Sara，我是Laura，請進。

Sara: Gracias.

謝謝。

Laura: Esta es la habitación para compartir.

這間是要分租的房間。

Sara: Es grande.

很大呢。

Laura: Sí, y tiene mucha luz.

對，採光也很好。

Sara: Es verdad. ¿El baño es compartido?

真的。廁所是共用的嗎？

Laura: Sí, aquí está el baño. Lo compartimos entre 3 personas.

對，廁所在這邊，3人共用。

Sara: ¿Hay cocina?

有廚房嗎？

Laura: Sí, la cocina está aquí. Hay frigorífico, microondas, y un horno pequeño. ¿Cocinas mucho?

有，廚房在這裡。有冰箱、微波爐、還有一個小烤箱。妳會常做飯嗎？

Sara: Realmente no me gusta cocinar. Pero como comer en restaurante es carísimo aquí, creo que va a ser necesario cocinar de vez en cuando.

我不喜歡做飯，不過在這邊去餐廳吃飯很貴，我想有時候會需要做飯。

5

Laura: Bueno, yo soy de Suecia, para mí comer en restaurantes en Granada es baratísimo. ¿De dónde eres tú?

嗯，我是瑞典人，對我來說，在格拉納達餐廳外食超便宜的，妳是哪裡人呀？

Sara: Soy de Taiwán. En Taiwán es baratísimo comer en la calle, con 3 euros puedes comer de todo.

我是台灣來的，台灣外食非常便宜，大概3塊歐元就什麼都吃得到。

Laura: ¡Guau! Entonces vas a querer cocinar bastante. ¿Quieres ver el balcón?

哇，那妳應該會常想要做飯。妳要看看陽台嗎？

Sara: Sí, claro.

當然好啊！

Laura: Tenemos un balcón pequeño, pero es suficiente para poner una silla y tomar el sol aquí.

我們有一個小陽台，不過夠放一張椅子在這邊曬太陽。

Sara: Me parece muy bien. ¿Cuánto es el alquiler?

我覺得很棒，租金多少呢？

Laura: 190 euros al mes. Por WhatsApp me has dicho que solo te vas a quedar por un mes, ¿verdad?

一個月190歐元，妳在WhatsApp上跟我說妳只會待一個月是嗎？

Sara: Sí, solo un mes, ¿se puede?

對，只有一個月，可以嗎？

Laura: Sí, se puede. Es que la habitación ya está reservada por una chica de Holanda a partir del próximo mes. Si quieres quedarte por un mes, por nosotras está genial.

可以，這是因為有一個荷蘭的女生，已經預定這個房間了，從下個月開始。如果妳只待一個月，對我們來說非常棒！

Sara: ¡Qué bien! ¿El alquiler incluye agua, gas, electricidad e internet?

太好了，租金有包括水、瓦斯、電、和網路嗎？

Laura: El internet no está incluido. No hay wifi en la casa. Es que todas tenemos móvil con internet.

沒有包網路，我們家沒有無線網路，因為我們的手機都有網路。

Sara: Es verdad. Bueno, voy a ver otro piso esta tarde todavía. ¿Está bien si te confirmo esta noche?

也對，好，我今天下午還要去看另一個房子，我今天晚上跟妳確認可以嗎？

Laura: Vale, pero si alguien decide antes que tú, no te puedo asegurar la habitación. ¿Eh?

好，可是如果有人先決定，我就不能跟妳保證把房間留給妳喔！

Sara: Entiendo, te voy a avisar lo más pronto posible.

我了解，我盡快通知妳！

Laura: Venga, hasta luego.

好，再見囉！

Sara: Hasta luego.

再見！

5

二 Preguntas del texto 課文閱讀理解練習

1. ¿Cómo es la habitación que ofrecen en el piso para compartir?

2. ¿Cuántas personas comparten el piso?

3. ¿El baño es privado o compartido?

4. ¿Qué hay en la cocina?

5. ¿Qué incluye el precio del alquiler?

6. ¿Por qué la persona que está buscando piso necesita cocinar?

7. ¿La persona que está buscando piso ha decidido? ¿Por qué?

8. ¿Qué te parece el piso? ¿Lo vas a querer alquilar? ¿Por qué?

9. Normalmente, ¿cocinas en casa o comes fuera de casa? ¿Por qué?

10. En tu casa, ¿tienes wifi o usas el internet de tu móvil?

（一）名詞

el piso compartido　分租公寓	Suecia　瑞典
la gente local　當地人	el horno　烤箱
el compañero de piso　室友（男）	el balcón　陽台
la luz　燈	el alquiler　租金
el frigorífico　冰箱	el gas　瓦斯
el microondas　微波爐	la electricidad　電

（二）動詞

我們用了哪些 ar 動詞？

alquilar　租	reservar　預約
confirmar　確認	tomar el sol　曬太陽
avisar　通知	asegurar　保證

我們用了哪些 er 動詞？

parecer　覺得、看起來、看似

我們用了哪些 ir 動詞？

incluir　包括	decidir　決定
compartir　分享	

我們用了哪些反身動詞？

quedarse　留下、停留

（三）形容詞

necesario/a　需要的	suficiente　足夠的
baratísimo/a　超便宜的	próximo/a　下一個

（四）連接詞、片語

de vez en cuando　偶爾	a partir de　從（某個時候）開始
lo más pronto posible　越快越好、盡快	

四　Estructura de la oración 語法與句型

（一）未來式

> ir ＋ a ＋原型動詞

請看課文中的例子：

> **Creo que va a ser necesario cocinar de vez en cuando.**
> 我想有時候會需要做飯。
>
> **Entonces vas a querer cocinar bastante.**
> 那你應該會常想要做飯。
>
> **Por WhatsApp me has dicho que solo te vas a quedar por un mes.**
> 妳在WhatsApp上跟我說妳只會待一個月。
>
> **Voy a ver otro piso esta tarde todavía.**
> 我還要去看另一個房子。
>
> **Te voy a avisar lo más pronto posible.**
> 我會盡快通知妳。

西班牙語的未來式表達非常簡單，只要先將「ir」（去）這個動詞依主詞做動詞變化，加上「a」後，再加上原型動詞（未來將要採取的動作），就是未來式了（類似英文的be going to...），以下列表舉例。

	ir（去）＋ a ＋原型動詞（ar 動詞／ er 動詞／ ir 動詞）	
Yo	voy a avisar / coger / decidir	（我將通知／搭乘／決定）
Tú	vas a avisar / coger / decidir	（你將通知／搭乘／決定）
Él / Ella / Usted	va a avisar / coger / decidir	（他將通知／搭乘／決定）
Nosotros / Nosotras	vamos a avisar / coger / decidir	（我們通知／搭乘／決定）
Vosotros / Vosotras	vais a avisar / coger / decidir	（你們通知／搭乘／決定）
Ellos / Ellas / Ustedes	van a avisar / coger / decidir	（他們通知／搭乘／決定）

一起來看看更多常用的未來式句子：

例1：Voy a alquilar un piso en Madrid.

我要／會在馬德里租房子。

例2：¿Vas a decidir hoy?

你今天會決定嗎？

例3：Te voy a confirmar mañana.

我明天會跟你確認。

例4：Vamos a tener que compartir la habitación.

我們將必須共用房間。

例5：¿Vais a reservar una habitación?

你們會預約一個房間嗎？

例6：Se van a quedar por 1 mes.

他們會留1個月。

 實戰演練：請試著用未來式回答以下問題。

1. ¿Qué vas a hacer este fin de semana?

_____

2. ¿Vas a hacer la tarea la próxima semana?

_____

3. Si encuentras un trabajo en España, ¿te vas a quedar allí?

_____

4. Si trabajo en España, voy a alquilar un piso cerca de la oficina. ¿Y tú?

_____

5. ¿Cuándo vas a tomar el examen DELE A2?

_____

6. El próximo mes hay vacaciones de 1 semana, pero no tengo plan. Creo que voy a estar en casa. ¿Qué plan tienes tú?

_____

7. ¿Cuándo te vas a casar?

_____

8. Después de cambiar de trabajo voy a comprar una casa. ¿Cuándo vas a comprar una casa?

_____

9. Voy a ser un(a) maestro(a) famoso(a) en 10 años. ¿Qué vas a ser en 10 años?

_____

5

10. ¿Qué le vas a decir si puedes hablar con la presidenta de Taiwán?

_____

（二）動詞現在完成式當形容詞用

西班牙語的動詞，改為「現在完成式」的形式，就可以直接當形容詞用。

以下舉例：

例1：compartir的現在完成式是compartido，可以直接當「分享的、共享的」

例2：reservar的現在完成式是reservado，可以直接當「預約好的」

例3：incluir的現在完成式是incluido，可以直接當「包括的」

請看課文中的例子：

¿El baño es compartido?
廁所是共用的嗎？
Es que la habitación ya está reservada por una chica de Holanda a partir del próximo mes.
這是因為有一個荷蘭的女生，已經預定這個房間了，從下個月開始。
El internet no está incluido.
網路沒有包括在（房租）。

 實戰演練：把括弧中的動詞改為現在完成式，當作形容詞並填入句中。

1. Esa película es ＿＿＿＿＿＿＿＿ (divertir). Me gusta mucho.

2. No hay más producto, todo está ＿＿＿＿＿＿＿＿ (vender).

3. Hola, tengo ＿＿＿＿＿＿＿＿ (reservar) una habitación para este fin de semana.

4. ¿El impuesto está ＿＿＿＿＿＿＿＿ (incluir) en el precio?

5. ¿Puedes ver si la ventana está ＿＿＿＿＿＿＿＿ (cerrar)?

6. Pasa, la puerta está ＿＿＿＿＿＿＿＿ (abrir).

7. ¿Por qué las tareas todavía no están ＿＿＿＿＿＿＿＿ (terminar)?

8. ¿Los platos están ＿＿＿＿＿＿＿＿ (lavar)?

9. ¿Por qué la computadora está _____ (encender)? Yo no la he usado.

10. Cuando alquilo una habitación, tener un baño privado es muy importante,

　　 un baño _____ (compartir) es muy inconveniente.

（三）非常……／超級……

　　第四課時我們已經學過，形容詞後面加上ísimo/a可以表示「非常、超級」的意思，這課再來複習一次。

　　請看課文中的例子：

Comer en restaurante es carísimo aquí.
在這邊去餐廳吃飯很貴。
En Taiwán es baratísimo comer en la calle, con 3 euros puedes comer de todo.
我是台灣來的，台灣外食非常便宜，大概3塊歐元就什麼都吃得到。

實戰演練：請用「形容詞＋字尾 ísimo/a」完成下列句子。

1. A: ¿Por qué no compras una casa en Taipei?

　　B: Porque las casas en Taipei están _____.

2. Tienes que comer más, estás _____, eso no es bueno para tu salud.

3. El Taipei 101 es un edificio _____.

4. Tener hijos es _____, hay que gastar en ropa, educación, y medicina.

5. No me gusta ese libro, es _____. Cada vez que quiero leerlo, me

　　duermo.

6. A: ¿Me veo guapa con esta ropa?

　　B: Guapa no, te ves _____. Me encanta.

（四）可以嗎？

Se puede...

「Se＋第三人稱單數動詞」通常都是用來表達「一般情況下的通則」，或是「大部分人都要遵守的規定」，這樣的表達沒有特別的人稱，不指特定的人。常用在詢問「某地方規定、風俗習慣、公告事項」等情況。

請看課文中的例子：

> **Sara: Sí, solo un mes, ¿se puede?**
> 對，只有（住）一個月，可以嗎？
> **Laura: Sí, se puede.**
> 可以。

以上對話指「在一般情況下，租一個月可以嗎？」

 實戰演練：請試著回答以下問題。

1. En tu oficina, ¿se puede escuchar música?

_____

2. En las bibliotecas de Taiwán, ¿se puede dormir?

_____

3. En el tren de Taiwán, ¿se puede llevar mascota?

_____

4. En el metro de Taiwán, ¿qué no se puede hacer?

_____

5. En tu clase de español, ¿se puede grabar videos de toda la clase?

_____

實戰演練：租房子時，請試著用「se puede」來問房東 3 個住房規則的問題。

1. _____

2. _____

3. _____

（五）這是因為……

Es que ＋一個說明原因／理由的句子

Es que後面可以直接加上一個想要解釋的原因，常常出現在句子開頭，本書第一課也曾出現過，可對照複習加深印象。

請看課文中的例子：

Es que la habitación ya está reservada por una chica de Holanda a partir del próximo mes.
這是因為有一個荷蘭的女生，已經預定這個房間了，下個月開始。
No hay wifi en la casa. Es que todas tenemos móvil con internet.
我們家沒有無線網路，這是因為我們的手機都有網路。

 實戰演練：請用「es que」完成對話。

1. 你跟朋友約卻大遲到，想要編個藉口：

A: ¡Has llegado 30 minutos tarde!

B: _____

2. 你在考慮租房子，房東問你能不能今晚就決定，你想編個藉口再拖幾天：

A: ¿No me puedes confirmar esta noche?

B: _____

3. 對方想要考慮兩天再決定要不要租你的房子，可是你不想等，所以想編個藉口催他：

A: ¿Te puedo avisar en 2 días?

B: _____, mejor avísame lo más pronto

posible.

4. 房東催你繳房租，你一直忘記匯款，找理由搪塞：

A: No has pagado el alquiler de este mes. ¿Cuándo me vas a pagar?

B: Perdón, _____, te voy a pagar esta

semana.

5. 你第N次沒有做作業，想要編個理由給老師：

A: ¿Otra vez no has hecho la tarea?

B: _____

5

Lección 6

Registrándose en la escuela

到學校報到

本課學習目標:

1. 到語言學校報到時要用的萬用句

2. Me gustaría(我想要)的用法

3. algún(os)/ alguna(s)(任何的)的用法

4. 命令式的綜合練習

Secretaria: Buenos días, pasa adelante.

早安，請進。

Alejandra: Buenos días, soy Alejandra de Taiwán. Me he registrado en un curso de español intensivo por un mes y he pagado un depósito desde Taiwán por internet. Me gustaría saber qué tengo que hacer antes de empezar la clase.

早安，我是台灣來的Alejandra。我報名了一個月的西班牙語密集課，在台灣的時候就上網付訂金了。我想要知道開始上課前我還需要做什麼。

Secretaria: Vale, siéntate aquí. Ahora te ayudo.

好的，這邊請坐，我現在幫妳看看。

Alejandra: Gracias.

謝謝。

Secretaria: ¿Me permites tu pasaporte?

護照麻煩一下。

Alejandra: Claro, aquí tiene.

當然（沒問題），在這邊。

Secretaria: Muy bien. Déjame buscar tu inscripción... Ya la encuentro. Te has registrado en el curso intensivo de las mañanas, por un mes, ¿verdad?

好，讓我找一下妳的報名資料……找到了。妳報的是早上的密集課，一個月，對吧？

Alejandra: Sí.

對。

Secretaria: Y has pagado un depósito del 50%. Rellena este formulario por favor, es para hacerte un carné de estudiante. Si hay algo que no entiendes, dime y te explico.

妳已經付了50%的訂金。請妳填這個表單，這是幫妳申請學生證用的。如果有看不懂的，跟我説，我再跟妳説明。

Alejandra: Vale, muy amable... Eh... ¿Qué tengo que poner aquí?

好的，這樣很好……嗯，我這邊應該要填什麼？

Secretaria: NIE, esto es el número de identidad de extranjero, ¿lo tienes?

NIE，這是外國人的居留證號，妳有嗎？

Alejandra: No, acabo de llegar a España.

沒有，我剛到西班牙而已。

Secretaria: No te preocupes, déjalo en blanco entonces.

別擔心，那留空白就好。

Alejandra: Bueno, creo que lo he terminado.

好，我覺得我填完了。

Secretaria: Déjame ver... Te falta esto todavía, la dirección de alojamiento.

讓我看一下……喔，妳還缺這個，住宿地址。

Alejandra: Ah, no me acuerdo de mi dirección. Espere un momento por favor. La voy a buscar en mi móvil.

啊，我不記得我的地址，請等一下，我在手機找一下。

Secretaria: Tranquila, toma tu tiempo. Por cierto, ¿cómo nos has encontrado?

沒事，慢慢來，對了，妳是怎麼找到我們（學校）的呢？

Alejandra: Por internet. Su página web tiene información muy completa, y además, tiene muy buenos comentarios de estudiantes.

網路上找的，你們的網頁資訊很完整，而且，學生的評價也很好。

Secretaria: Ay, gracias. Mira, aquí está tu carné de estudiante, siempre tráelo a las clases. Mañana a las 10 de la mañana es la evaluación de nivel, en el aula 14, en el segundo piso. Por favor, llega un poco antes.

啊～謝謝。妳看，這是妳的學生證，每次上課都要帶來。明天早上10點是程度測驗，在14號教室，二樓，麻煩你請早一點點到。

Alejandra: Vale, ¿cuánto tiempo tarda la evaluación?

好，測驗要多久？

Secretaria: 30 minutos la parte de escribir, y 10 minutos la parte oral. En la tarde vamos a publicar los resultados.

筆試30分鐘，口試10分鐘，下午就會公告成績。

Alejandra: Vale.

好。

Secretaria: Pues ya está. ¿Tienes alguna pregunta?

那就這樣，妳還有任何問題嗎？

Alejandra: Por ahora no. Gracias por todo.

現在沒有，謝謝你（所有的幫忙）。

Secretaria: Venga, hasta mañana.

好，明天見！

Alejandra: Hasta mañana.

明天見！

6

二 Preguntas del texto 課文閱讀理解練習

1. ¿En qué tipo de curso se ha registrado Alejandra?

2. ¿Ha pagado todo el curso por adelantado（提前）?

3. ¿En qué horario es el curso de Alejandra?

4. ¿Qué debe presentar（出示）Alejandra en la escuela de idiomas?

5. ¿Cómo Alejandra ha encontrado esta escuela?

6. ¿Por qué ha elegido esta escuela?

7. ¿Qué debe llevar Alejandra todos los días a clase?

8. ¿Te gustaría tomar un curso intensivo de español en España por un mes? ¿Por qué?

9. Si te gustaría, ¿cómo vas a buscar escuelas?

10. Si te gustaría, ¿cómo vas a decidir a cuál escuela ir?

（一）名詞

el curso intensivo 密集班	el alojamiento 住宿
el depósito 訂金	la evaluación de nivel 學生程度測驗
la inscripción 報名	el aula 教室
el carné de estudiante 學生證	la parte oral 口試部分
el formulario 表單	el resultado 結果
el número de identidad de extranjero 外國人居留證號	la página web 網頁
la dirección 地址	el comentario 評論、評價

（二）動詞

我們用了哪些 ar 動詞？

pasar adelante 請進	tomar tu tiempo 你慢慢來
rellenar 填表、填滿	encontrar 找到
terminar 結束	explicar 解釋、說明
faltar 缺少	publicar 公告
esperar 等	empezar 開始
buscar 找	

我們用了哪些 er 動詞？

traer 帶來

我們用了哪些反身動詞？

acordarse 記得	registrarse 報名
sentarse 坐	

（三）形容詞

blanco/a 白色的	intensivo/a 密集的
tranquilo/a 冷靜、平靜、安靜的	algún(os) / alguna(s) 任何的
completo/a 完整的	

（四）連接詞

además 而且

6

（一）我想要

Me gustaría

請看課文中的例子：

> **Me gustaría saber qué tengo que hacer antes de empezar la clase.**
> 我想要知道開始上課前我還需要做什麼。

「Me gustaría」在文法上，是「me gusta」（我喜歡）的條件式，意思是「我想要」，請注意「gusta」和「gustaría」雖然來自同一個動詞，不過在句子當中是完全不同的意思喔！六個人稱的「想要」以下列表說明：

GUSTAR	對 ___ 來說	喜歡（單數、複數）	想要（單數、複數）
Yo	a mí	me gusta me gustan （我喜歡）	me gustaría me gustarían （我想要）
Tú	a ti	te gusta te gustan （你喜歡）	te gustaría te gustarían （你想要）
Él / Ella / Usted	a él a ella a usted	le gusta le gustan （他／她／您喜歡）	le gustaría le gustarían （他／她／您想要）
Nosotros / Nosotras	a nosotros a nosotras	nos gusta nos gustan （我們喜歡）	nos gustaría nos gustarían （我們想要）
Vosotros / Vosotras	a vosotros a vosotras	os gusta os gustan （你們喜歡）	os gustaría os gustarían （你們想要）
Ello / Ellas / Ustedes	a ellos a ellas a ustedes	les gusta les gustan （他們／她們／ 您們喜歡）	les gustaría les gustarían （他們／她們／您們想要）

6

以「我想要」為例，西語可以說「A mí me gustaría」或「quiero」。

在一般對話中，「對＿來說」這一排的「a mí, a ti, a él, a ella, a usted...」不一定會說出來，比如說「Me gustaría conocerle.」（我想要認識他。）就已經是一個完整的句子，因為從「me gustaría」我們看得出來主詞一定是「我」。

可是第三人稱的情況就不一定了，比如說「Le gustaría conocerte.」（他想要認識你。）我們單從這句話看不出來「Le gustaría」的「le」是誰，必須加上主詞，例如：「A José le gustaría conocerte.」（José想要認識你）。

因為「gustar」這個動詞以條件式出現時，意思會完全改變，不在一般條件式的情況之內，所以本課暫不討論條件式這個時態的用法，只要把「gustaría」的用法練熟就好。

 實戰演練：請以「gustaría」回答以下問題。

1. ¿Qué te gustaría comer hoy?

_____

2. ¿Te gustaría aprender otro idioma?

_____

3. ¿Te gustaría estudiar en el extranjero por un mes?

_____

4. Si tienes un millón de dólares y un mes de vacaciones, ¿qué te gustaría hacer?

_____

5. ¿Te gustaría saber lo que piensa tu pareja por un día? ¿Por qué?

_____

6. ¿Te gustaría ser invisible por un día? ¿Por qué?

_____

7. ¿Qué te gustaría recibir de regalo en Navidad?

_____

8. ¿En qué ciudad te gustaría vivir? ¿Por qué?

_____

9. Si cambias de trabajo, ¿de qué te gustaría trabajar?

_____

10. ¿Te gustaría ser 10 años más joven? ¿Por qué?

_____

（二）你還缺少、你還剩下

Te falta...

請看課文中的例子：

Te falta esto todavía, la dirección de alojamiento.
你還缺這個，住宿地址。

「falta」的原型動詞是「faltar」，有「缺少」跟「剩下」兩種意思。

用法邏輯與「gustar」相同，主詞是「缺少／剩下的事物」，因此後面接的「缺少的事物」是單數的話，就用「falta」，是複數的話，就用「faltan」。六個人稱的變化形式以下列表說明：

FALTAR	對＿＿來說	缺少（單數、複數）
Yo	a mí	me falta me faltan （我缺少、剩下）
Tú	a ti	te falta te faltan （你缺少、剩下）
Él / Ella / Usted	a él a ella a usted	le falta le faltan （他／她／您缺少、剩下）
Nosotros / Nosotras	a nosotros a nosotras	nos falta nos faltan （我們缺少、剩下）
Vosotros / Vosotras	a vosotros a vosotras	os falta os faltan （你們缺少、剩下）
Ellos / Ellas / Ustedes	a ellos a ellas a ustedes	les falta les faltan （他們／她們／您們缺少、剩下）

實戰演練：請以動詞「faltar」完成以下對話。

1. 關心明天就要出國的家人準備得如何、還差什麼：

   A: ¿Cómo vas con la preparación del viaje?

   B: _____.

2. 關心剛搬家的朋友有沒有需要什麼：

   A: He oído decir que te has mudado. ¿Te falta algo en tu casa nueva?

   B: _____.

3. 家長詢問學生寫功課的進度：

   A: ¿Te falta mucho para terminar la tarea?

   B: _____.

4. 老公問老婆準備好出門了沒，還差什麼沒準備：

   A: ¿_____?

   B: Solo me falta maquillarme.

5. 客戶向銀行櫃台詢問表格是否有填完整：

   A: ¿Está bien así este formulario?

   B: _____.

6. 夫妻一起逛超市，互相確認東西是否都買齊了：

   Esposa: ¿_____ algo?

   Esposo: Sí, _____ leche. No tenemos en casa.

7. 朋友一起去餐廳吃飯，卻發現其中一人都不太吃：

   A: ¿No te gusta la comida?

   B: No mucho, es que _____ sal.

6

（三）慢慢來

Toma tu tiempo

請看課文中的例子：

Tranquila, toma tu tiempo.
沒事，慢慢來。

「toma」的原型動詞是「tomar」，在這邊以命令式形式出現，類似英文的「take your time.」。

實戰演練：請完成以下對話。

1. 上課快遲到，傳簡訊通知老師：

A: Voy a llegar tarde a clase. Hay mucho tráfico.

B: No te preocupes, _____.

2. 夫妻一起去百貨公司，但想逛的東西不同，決定分頭行動，自己慢慢逛：

Esposa: Quiero ver ropa（衣服）y bolsos（包包）, ¿me esperas?

Esposo: _____. Yo voy a ver las herramientas（工具）

y zapatos（鞋子）. Nos vemos en el primer piso en 1 hora.

3. 跟朋友約看電影快遲到，打電話給對方：

A: Voy a llegar a las cuatro.

B: _____, la película es a las cuatro y media.

4. 打電話告訴女朋友要去接她了：

A: Paso por ti en quince minutos.

B: _____, no estoy lista todavía.

（四）任何的

algún(os) 或 alguna(s)

請看課文中的例子：

> **¿Tienes alguna pregunta?**
> 你還有什麼問題嗎？

在西語裡，想表達「任何的／一些的」會用「algún」這個形容詞，使用上有陰陽性、單複數、肯定否定的差別，其中陰陽性和單複數都是依「後面接的名詞」做變化，以下列表說明：

任何的／一些（肯定）	陽性	陰性
單數（任何的）	algún	alguna
複數（部分的）	algunos	algunas

沒有任何的（否定）	陽性	陰性
單數	ningún	ninguna
複數	不存在	不存在

6

實戰演練：請完成以下句子。

1. 朋友換到一個跨國企業上班，你問他同事是哪裡人：

   A: ¿De dónde son tus compañeros de trabajo?

   B: ＿＿＿＿＿＿＿＿＿ compañeros son de Asia, y otros son de Europa.

2. 打算開始準備DELE考試，想跟朋友借書：

   A: ¿Tienes ＿＿＿＿＿＿＿＿＿ libros para preparar el examen DELE?

   B: No, no tengo ＿＿＿＿＿＿＿＿＿ libro para preparar el examen DELE.

3. 大學畢業後，不知道如何決定先工作還是先讀研究所，尋求建議：

A: No sé si estudio la maestría primero o trabajo primero, ¿me puedes dar
_____ sugerencias?

B: _____ opción es perfecta. Dime, ¿hay _____ maestría que
realmente te interesa?

4. 問去過很多拉丁美洲國家旅行的朋友，對當地食物的感覺：

A: Has viajado en muchos países de Latinoamérica, ¿te gusta la comida latina?

B: No todas. _____ comidas son muy deliciosas, pero _____
comidas son demasiadas saladas.

（五）常用命令句

　　本課出現了許多命令式的句子，都是使用生活中非常常用的動詞，值得挑出來反覆練習。由於命令式的動詞變化很多，且又有肯定與否定兩種形式，不建議硬背動詞，比較好的練習方法是以句子為單位，套用在不同對話中練習，講到可以變成自然反應，並且在該用命令式的場景下，就可以意識到「這時候該用命令式」為止。

　　以下是本課課文中出現的命令式句子，請嘗試不要看課文，將動詞填空完成。請注意，有的動詞後面可能需要加受詞，有的則是反身動詞：

1. _____ (sentarse) aquí.

這邊請坐。

2. _____ (dejar) ver.

讓我看一下。

3. _____ (dejar) buscar tu inscripción.

讓我找一下你的報名資料。

4. _____ (esperar) un momento.

等一下。

5. _____ (rellenar) este formulario por favor.

請填這張表單。

6. _____ (tomar) tu tiempo.

慢慢來。

7. Si hay algo que no entiendes, _____ (decir) y te explico.

如果有看不懂的，請告訴我，我再跟你說明。

8. _____ (mirar), aquí está tu carné de estudiante.

你看，這是你的學生證。

9. No _____ (preocuparse).

別擔心。

10. Siempre _____ (traer) a las clases.

每次上課都要帶（它）來。

11. _____ (dejar) en blanco.

留空白就好。

12. Por favor, _____ (llegar) un poco antes.

請早一點來。

實戰演練：請以命令式完成以下對話。

1. 在公車上，有人問你能不能坐旁邊的位子：

A: Disculpa, ¿me puedo sentar aquí?

B: Sí, _____.

2. 有人來你辦公室找同事，你請他等一下：

A: Hola. ¿Está Bárbara?

B: Sí, _____, ahora viene.

6

3. 同事説聽不懂你對專案的説明：

A: Todavía no he entendido bien.

B: _____, ahora te/ le explico.

4. 老師請學生明天早點到：

Maestro: Mañana hay examen. _____ temprano.

Estudiantes: ¿Qué tan temprano? ¿20 minutos antes?

Maestro: Sí, está bien.

5. 打電話到你的語言中心請假：

A: Perdón, no puedo ir a clase mañana.

B: _____, le voy a avisar a tu/ su maestro.

6. 女朋友懷疑男朋友跟其他人曖昧，男朋友叫她不要想太多：

A: _____ la verdad, ¿tienes otra novia?

B: No _____ mucho, solo te quiero a ti.

6

Lección 7

Haciendo el examen de nivel

做分班程度測驗

本課學習目標：

1. 介紹自己的過去、現狀、未來

2. 向老師表達學習需求

3. 了解分班程度測驗的口試架構

4. 簡單過去式的動詞變化和用法

5. 命令式的綜合練習

Profesora: Siguiente. Pasa adelante.　　　　　下一個，請進。

Alejandra: Buenos días.　　　　　早安。

Profesora: Siéntate. ¿Cómo te llamas?　　　　　請坐，妳叫什麼名字？

Alejandra: Mi nombre en español es Alejandra, mi nombre en chino es Yun, mi apellido es Yu.　　　　　我的西班牙語名字是Alejandra，中文名字是雲，我姓游。

Profesora: ¿De dónde eres?　　　　　妳是哪國人？

Alejandra: Soy de Taiwán.　　　　　我是台灣人。

Profesora: Guau, vienes de un país muy lejano. ¿Cuánto tiempo tardas en llegar a España desde Taiwán?　　　　　哇，妳從很遠的國家來。從台灣到西班牙要飛多久？

Alejandra: Pues depende del tipo de vuelo. Puede ser de 15 a 23 horas.

要看哪種班機，從15到23小時都有可能。

Profesora: ¡Madre mía! ¡Qué lejos! Bienvenida a nuestra escuela. ¿Cuándo llegaste a Granada?

我的媽呀！真遠！歡迎妳到我們學校來。妳什麼時候到格拉納達的？

Alejandra: Llegué hace 3 días. Todavía no conozco mucho la ciudad.

我3天前到的。還不太認識這個城市。

Profesora: No te preocupes, la vas a conocer muy pronto. A ver, habla un poco más para saber tu nivel. Preséntate, por favor.

別擔心，妳很快就會認識了。來吧，多說點話，這樣才能知道妳的程度。請妳自我介紹一下。

Alejandra: Bueno. Soy Alejandra, mi nombre en chino es Yun. Soy de Taiwán, llevo 5 años trabajando como vendedora en una empresa de tecnología. Hace 5 meses empecé a aprender español en una escuela privada. Mis maestros son una pareja, una taiwanesa y un guatemalteco.

好，我叫Alejandra，中文名字是雲，台灣人，在一間科技公司當了5年的業務。5個月之前開始在一間私人學校學西班牙語。我的老師是一對夫妻，一個台灣人和一個瓜地馬拉人。

Profesora: ¿Solo has estudiado por 5 meses? Hablas bastante bien. Cuéntame un poco más sobre tu clase de español.

妳只有學5個月？妳說得很好！請妳多告訴我一些妳西班牙語課的事情！

Alejandra: En mi clase hay 6 personas, hay un ingeniero, una maestra de escuela primaria, una gerente de proyecto, una enfermera y una investigadora. Todos trabajamos en diferentes áreas, pero tenemos algo en común: a todos nos gusta aprender algo nuevo y conocer culturas diferentes. Me gusta mucho el ambiente. Siento que aprender español me ha cambiado un poco la vida.

我的班上有6個人，有一個工程師、一個國小老師、一個專案經理、一個護理師和一個研究員。大家都在不同領域工作，不過我們有一個共通點：我們都喜歡學習新的東西，以及認識不同的文化。我很喜歡課堂的氣氛。我覺得學西班牙語改變了一點我的生活。

Profesora: Genial. ¿Por qué decidiste venir a España sola a estudiar?

太棒了！為什麼妳決定自己來西班牙學西班牙語呢？

Alejandra: Es que ya llevo 5 años trabajando en la misma empresa. Pienso que ya es momento de hacer un cambio. Quiero aprovechar para mejorar mi español y buscar un trabajo para usar español.

這是因為我已經在同一間公司上了5年的班，我想是到了做改變的時候了。我想把握這個機會讓西班牙語進步，未來找能用到西班牙語的工作。

Profesora: Excelente. ¿Dónde y con quién te estás quedando?

很棒。妳現在住在哪裡？跟誰住？

Alejandra: Me estoy quedando con una familia española, cerca de la escuela.

我住在學校附近的一個西班牙家庭裡。

Profesora: Maravilloso, así puedes practicar mucho español en casa. ¿Cuánto tiempo piensas quedarte en España?

太棒了，這樣妳在家也可以大量練習西班牙語。妳想在西班牙待多久？

Alejandra: Solo tengo un mes. Así que deseo aprender lo más rápido posible.

我只有一個月，所以我想學得越快越好。

Profesora: Seguro que vas a aprender mucho aquí. Veo que ya sabes usar futuro, pretérito perfecto, y un poco de indefinido. ¿Has estudiado imperativo, imperfecto y subjuntivo?

妳一定會學到很多的。我看得出妳已經會用未來式、現在完成式，還有一點點簡單過去式。妳學過命令式、未完成過去式跟虛擬式了嗎？

Alejandra: He estudiado imperativo. He oído decir a mi maestro sobre el imperfecto y el subjuntivo, pero todavía no los he estudiado.

我學過命令式。未完成過去式和虛擬式有聽老師說過，但是還沒學過。

Profesora: Vale, hemos terminado el examen oral. Lo has hecho muy bien. Creo que puedes estar en un grupo de nivel 5. Puedes venir a ver el resultado esta tarde.

好，我們結束口試了。妳做得很好。我認為妳可以上第5級的班。妳下午可以過來看考試結果。

Alejandra: Vale, muchas gracias.

好的，非常感謝！

Profesora: Venga, hasta luego.

好，之後見囉！

Alejandra: Hasta luego.

再見！

7

1. ¿Cuánto tiempo tarda Alejandra en llegar a España desde Taiwán?

2. ¿De qué trabaja Alejandra?

3. ¿Cuándo Alejandra empezó a estudiar español?

4. ¿Cuántos compañeros tiene Alejandra en la clase de español en Taiwán?

5. ¿Qué tienen todos los compañeros en común?

6. ¿Por qué Alejandra decidió ir a España sola a estudiar español?

7. ¿Dónde se está quedando Alejandra en España?

8. ¿Por qué puede Alejandra practicar mucho español en casa?

9. ¿Cómo es el español de Alejandra? ¿Qué tiempos de verbos sabe usar? ¿Y tú?

10. ¿Crees que la evaluación de nivel es muy difícil? ¿Por qué?

7

三　Vocabulario　生詞

（一）名詞

la pareja 夫妻、情侶

el área 領域

el ambiente 氣氛

el apellido 姓

el nivel 級數、程度

el resultado 結果

（二）動詞

我們用了哪些 ar 動詞？

aprovechar 利用

mejorar 進步

desear 想要、渴望

contar 告訴

empezar 開始

我們用了哪些 er 動詞？

depender de 要看、依賴

aprender 學習

我們用了哪些 ir 動詞？

sentir 覺得

oír decir 聽說

我們用了哪些反身動詞？

presentarse 自我介紹

sentarse 坐下

（三）形容詞

lejano/a 遠的

privado/a 私人的

maravilloso/a 很棒的、美好的

genial 很棒的

excelente 很好的

（四）副詞

aproximadamente 大約   bastante 蠻……相當……

（五）感嘆詞

¡Guau! 哇！   ¡Madre mía! 我的媽呀！

（六）片語

A ver 來吧！來看看！   Lo más rápido posible 越快越好、盡快

（七）連接詞

así que 因此

7

（一）簡單過去式

請看課文中的例子：

> **Hace 5 meses empecé a aprender español en una escuela privada.**
> 5個月之前開始在一間私人學校學西班牙語。

「簡單過去式」的用法非常簡單，就是講「過去做了的事」，常搭配的時間副詞都是與「現在無關」的時間，像是「昨天」、「上星期」、「上個月」、「去年」、「三年前」等等。

之前學過的「現在完成式」則是與「現在有關」的時間搭配使用，由於學習者常混淆，我們下面列表對比：

「常」與簡單過去式搭配的時間副詞	「常」與現在完成式搭配的時間副詞
ayer （昨天）	hoy （今天）
anoche （昨晚）	esta noche （今天晚上）
la semana pasada （上星期）	esta semana （這個星期）
el mes pasado （上個月）	este mes （這個月）
la estación pasada （上一季）	esta estación （這一季）
el año pasado （去年）	este año （今年）
hace mucho tiempo （很久以前）	últimamente （最近）

簡單過去式動詞變化規則

> ar 動詞的字尾改為：é, aste, ó, amos, asteis, aron

> er 和 ir 動詞的字尾改為：í, iste, ió, imos, isteis, ieron

	ar 動詞 **empezar**（開始）	er 動詞 **aprender**（學習）	ir 動詞 **decidir**（決定）
Yo	empecé	aprendí	decidí
Tú	empezaste	aprendiste	decidiste
Él/ Ella/ Usted	empezó	aprendió	decidió
Nosotros / Nosotras	empezamos	aprendimos	decidimos
Vosotros / Vosotras	empezasteis	aprendisteis	decidisteis
Ellos / Ellas / Ustedes	empezaron	aprendieron	decidieron

 簡單過去式常見的不規則動詞

簡單過去式的用法簡單，但不規則的動詞比較多，這一課先列出最常用的幾個，建議要搭配句子一起練習，不要死背動詞。

	ser / ir （是／去）	tener （有）	hacer （做）	estar （在）	decir （告訴）	poner （放）
Yo	fui	tuve	hice	estuve	dije	puse
Tú	fuiste	tuviste	hiciste	estuviste	dijiste	pusiste
Él / Ella / Usted	fue	tuvo	hizo	estuvo	dijo	puso
Nosotros / Nosotras	fuimos	tuvimos	hicimos	estuvimos	dijimos	pusimos
Vosotros / Vosotras	fuisteis	tuvisteis	hicisteis	estuvisteis	dijisteis	pusisteis
Ellos / Ellas / Ustedes	fueron	tuvieron	hicieron	estuvieron	dijeron	pusieron

實戰演練：請試著回答以下問題。

1. ¿Hace cuánto tiempo empezaste a estudiar español?

_____

2. ¿Qué estudiaste en la universidad?

_____

3. ¿En dónde naciste?

_____

4. ¿A dónde viajaste de vacaciones la última vez（上次）?

_____

5. ¿Cuándo hiciste tu tarea?

_____

6. ¿A dónde fuiste el fin de semana pasado?

_____

7. ¿Dónde estuviste anoche?

_____

8. ¿Qué dijo tu maestro/a de español la semana pasada?

_____

9. ¿Dónde pusiste tu libro de español ayer?

_____

10. ¿Fuiste un buen estudiante antes（以前）?

_____

（二）依照……而定、要看……

Depende de...

請看課文中的例子：

Profesora: ¿Cuánto tiempo tardas en llegar a España desde Taiwán?
從台灣到西班牙要飛多久？

Alejandra: Pues depende del tipo de vuelo. Puede ser de 15 a 23 horas.
要看哪種班機，從15到23小時都有可能。

 實戰演練：請完成以下對話。

1. 老師問學生來上課的路程要多久：

   A: ¿Cuánto tiempo tardas en llegar a la clase de español?

   B: Depende de _____.

2. 問朋友有沒有要參加週五的派對：

   A: ¿Vas a ir a la fiesta el viernes por la noche?

   B: Depende de _____.

3. 邀請別人去看電影：

   A: ¿Quieres ir al cine conmigo esta noche?

   B: Depende de _____.

4. 問朋友通常幾點下班：

   A: ¿A qué hora sales del trabajo normalmente?

   B: Depende de _____.

5. 問剛去面試的朋友對該公司的感受：

   A: ¿Quieres trabajar en esa empresa?

   B: Depende de _____.

（三）可以是／有可能是……

Puede ser

請看課文中的例子：

Pueden ser de 15 a 23 horas.
從15到23小時都有可能。

實戰演練：請完成以下對話。

1. 猜測新同事的年齡：

   A: ¿Cuántos años tiene esa chica?

   B: Puede ser _____ años.

2. 討論下次會議的時間：

   A: ¿Cuándo es la próxima reunión?

   B: No es seguro, puede ser _____.

3. 討論下次度假的地點：

   A: ¿A dónde vamos de vacaciones?

   B: Tú decides, puede ser _____.

4. 討論何時去對方家看電影：

   A: ¿Cuándo vienes a mi casa para ver esta película juntos?

   B: Pues no sé, puede ser _____.

5. 去朋友家看到他藏書超多，問他有多少：

   A: ¿Cuántos libros tienes?

   B: Muchos, puede ser _____.

（四）……改變了我的人生

...me ha cambiado un poco la vida

請看課文中的例子：

> **Siento que aprender español me ha cambiado un poco la vida.**
> 我覺得學西班牙語改變了一點我的生活。

上面這句話的主詞是「aprender español」這件事，指「這件事」改變了我的生活。

實戰演練：請完成以下句子。

1. Tener _____, me ha cambiado un poco la vida.

2. Estudiar _____, me ha cambiado un poco la vida.

3. Viajar a _____, me ha cambiado un poco la vida.

4. Conocer a _____, me ha cambiado un poco la vida.

5. Comprar _____, me ha cambiado un poco la vida.

（五）聽說

oír decir

請看課文中的例子：

> **He oído decir sobre el imperfecto y el subjuntivo, pero todavía no los he estudiado.**
> 我學過命令式，未完成過去式和虛擬式有聽說，但是還沒學過。

「聽說」的西語，在字面上與中文完全對應，「oír」是聽到，「decir」是告訴，加在一起就是「聽說」。動詞變化只要變第一個動詞「oír」就好，因為聽說通常都是講「已經聽說」的內容，所以大多以現在完成式呈現，例如：

He oído decir... （我聽説了……）

¿Has oído decir...? （你聽説了嗎？）

 實戰演練：請完成以下對話。

1. 兩個朋友在聊去瓜地馬拉學西語：

   A: ¿Sabes que hay muchas escuelas de idiomas en Antigua de Guatemala?

   B: _____, ¿por qué la pregunta?

2. 兩個同學在八卦教授的生涯規劃：

   A: ¿Sabes que nuestra profesora quiere jubilarse?

   B: ¿En serio? _____.

3. 聽説朋友買新車，恭喜他：

   A: _____ que tienes coche nuevo. Felicitaciones.

   B: ¿Quién te lo ha dicho? No lo he comprado.

4. 問朋友有沒有聽過自己主持的podcast：

   A: ¿Sabes que ahora estoy haciendo un podcast?

   B: _____, pero todavía no lo he escuchado.

5. 兩個同學確認考試日期：

   A: ¿La próxima semana hay examen?

   B: _____, pero no estoy seguro.

7

（六）常用命令句

請看課文中的例子：

Pasa adelante.

請進。（pasar 通過）

Siéntate.

這邊請坐。（sentarse 坐）

Cuéntame un poco sobre tu clase de español.

請妳多告訴我一些你西班牙語課的事情！（contar 告訴）

Habla un poco más para saber tu nivel.

多說點話，這樣才可以知道妳的程度。（hablar 說）

Preséntate un poco, por favor.

請妳自我介紹一下。（presentar 介紹）

 實戰演練：請將以下動詞改為適合的命令式，並完成對話。有些命令式會需要加上受詞。

---

esperar   sentarse   contar   hablar   presentar

Hijo: Mamá, me voy. He quedado con alguien para ir al cine.

Mamá: ¿Ah sí? _____ un rato, te quiero preguntar algo.

Hijo: Bueno, _____ rápido por favor, ya voy tarde.

Mamá: _____, ¿ya tienes novia?

Hijo: ¿Cómo te diste cuenta?（darse cuenta 發現）

Mamá: Soy tu mamá, ya te conozco. Es una buena noticia, ¡ _____ !

Hijo: Estamos empezando a salir, _____ un poco.

Lección 8

Primer día de clase, conociendo a los compañeros de clase

第一天上課，向同學介紹自己

本課學習目標：

1. 向新認識的外國朋友主動提問、互相認識

2. 疑問詞用法的綜合練習

3. 現在式、現在進行式、現在完成式、簡單過去式、
   未來式的綜合練習

Por fin, ha llegado el día de la primera clase.

終於，來到了課程的第一天。

Profesor: Buenos días. Bienvenidos a nuestra escuela. Voy a ser vuestro profesor durante este curso. Me llamo Diego. Primero vamos a conocernos un poco. Aquí os voy a pasar una hoja, hay 15 preguntas. Vais a hacer una pregunta a cada compañero, después de preguntar, escribid una respuesta breve, y pedid su firma. ¿Alguna pregunta?

早安，歡迎來到我們的學校。我會是你們這個課程的老師，我叫Diego。首先我們來互相認識一下。我這邊會發一張紙（講義）給大家，上面有15個問題。你們要問每個同學一個問題，問完之後，把對方的答案簡單寫下來，並且請對方簽名，有人有問題嗎？

Alejandra: ¿Tenemos que hacer cada pregunta a diferente persona?

我們是要問每個人不同的問題嗎？

Profesor: Exacto.

對的！

Emilio: ¿Le podemos preguntar a usted también, profesor?

也可以問您嗎？老師？

Profesor: Claro, a mí también me podéis preguntar. Venga, empecemos.

當然，也可以問我，來吧！開始吧！

¿De qué país eres? ¿Cuál es tu idioma materno? 你是哪國人？ 你的母語是什麼？	¿A qué te dedicas en tu país? 你在你的國家從事 什麼工作？	¿Qué estudiaste en la universidad? 你在大學是學什麼的？
Firma: 簽名：	Firma: 簽名：	Firma: 簽名：
¿Por qué quieres estudiar español? 你為什麼想要學西班牙語？	¿Cuánto tiempo llevas estudiando español? 你學西班牙語多久了？	¿Por qué decidiste venir a estudiar en Granada? 你為什麼決定到 格拉納達念書？
Firma: 簽名：	Firma: 簽名：	Firma: 簽名：
¿Qué has hecho después de venir a Granada? 你來了格拉納達之後 做了什麼？	¿Cuánto tiempo vas a estudiar en Granada? 你會在格拉納達念書 念多久？	¿Cuándo llegaste a Granada? 你什麼時候到 格拉納達的？
Firma: 簽名：	Firma: 簽名：	Firma: 簽名：

8

¿Qué hiciste ayer? 你昨天做了什麼？	¿Qué te gusta hacer cuando tienes tiempo libre? 你有空的時候喜歡做什麼？	¿Por qué escogiste esta escuela? 你為什麼選這個學校？
Firma: 簽名：	Firma: 簽名：	Firma: 簽名：
¿A qué otros países has viajado aparte de España? 除了西班牙以外，你去哪些其他國家旅行過？	¿Cuál fue la primera canción en español que escuchaste? 你聽的第一首西語歌是什麼？	¿Has tenido novio/novia latino/a? 你交過拉丁美洲男／女朋友嗎？
Firma: 簽名：	Firma: 簽名：	Firma: 簽名：

Profesor: Bueno, regresad a vuestro asiento si habéis terminado. Ahora, cada persona va a decir una información de un compañero, por favor.

好，如果你們完成了，就請回到你們的座位上，現在請每個人都告訴我們一個同學的資訊。

☰ **Preguntas del texto** 課文閱讀理解練習

1. ¿Cómo se llama el profesor de Alejandra?

2. ¿Qué van a hacer primero en la clase?

3. ¿Qué deben hacer con la hoja de preguntas?

4. ¿Deben hacer las preguntas a una sola persona?

5. ¿El profesor va a participar en la actividad?

6. ¿Qué van a hacer al terminar las preguntas?

7. ¿Has hecho alguna actividad similar antes?

8. ¿Qué pregunta te parece más fácil? ¿Por qué?

9. ¿Qué pregunta te parece más difícil? ¿Por qué?

10. ¿Qué pregunta te gustaría agregar（增加）para conocer a nuevos compañeros?

三　Vocabulario 生詞

（一）名詞

la hoja 紙張、講義

la canción 歌曲

la respuesta breve 簡答

el asiento 位子、座位

el idioma materno 母語

（二）動詞

我們用了哪些 ar 動詞？

pasar 發下去

firmar 簽名

escuchar 聽

regresar 回到

我們用了哪些 er 動詞？

escoger 選

我們用了哪些 ir 動詞？

decidir 決定

pedir 請求、點餐

我們用了哪些反身動詞？

conocerse 互相認識

dedicarse 致力於、從事……工作

（三）形容詞

algún/a 任何的（後面需要加名詞）

cada 每一個

exacto/a 就是這樣的

cuál 哪一個

primero/a 第一個

（四）副詞

aproximadamente 大約

Estructura de la oración 語法與句型

（一）現在式、現在進行式、未來式、簡單過去式、現在完成式的比較

　　在認識新朋友時，我們很自然地會問到對方的過去、現在、未來、人生經驗等話題，本課課文有許多認識新朋友的問題範例，這邊是我們按照時態分類後，針對動詞所設計的練習，請試著填入動詞以完成問句。

現在式：用來講「事實」、「平時的習慣」（可參考《我的第二堂西語課》第零課）

1. ¿De qué país _____?

   你是哪國人？

2. ¿Cuál _____ tu idioma materno?

   你的母語是什麼？

3. ¿A qué _____ en tu país?

   你在你的國家從事什麼工作？

4. ¿Por qué _____ estudiar español?

   你為什麼想要學西班牙語？

5. ¿Qué _____ hacer cuando _____ tiempo libre?

   你有空的時候喜歡做什麼？

6. ¿_____ vegetariano?

   你是素食者嗎？

7. ¿Cuántos idiomas _____?

   你會說幾種語言？

現在進行式：用來講「現在持續的事」或「一直在進行中的事」（llevar ＋現在進行式動詞，可參考本書第零課）

8. ¿Cuánto tiempo llevas _____ español?

你學西班牙語多久了？

9. ¿Cuánto tiempo llevas _____ en la misma empresa?

你在同一間公司工作多久了？

10. ¿Cuánto tiempo llevas _____ en esta ciudad?

你在這個城市住多久了？

 未來式：用來講「以後的事」（ir ＋ a ＋原型動詞，可參考本書第五課）

11. ¿Cuánto tiempo _____ en Granada?

你會在Granada念書念多久？

12. ¿ _____ en otros países de Europa?

你會到歐洲其他國家去旅行嗎？

13. ¿ _____ en el curso del próximo nivel?

你會報名下一期課程嗎？

14. ¿ _____ en España después de terminar el curso?

課程結束後，你會想留在西班牙找工作嗎？

 簡單過去式：用來講「以前的動作」（可參考本書第七課）

15. ¿Qué _____ en la universidad?

你在大學是學什麼的？

16. ¿Cuál _____ la primera canción en español que

_____ ?

你聽的第一首西語歌是什麼？

17. ¿Qué _____ ayer?

你昨天做了什麼？

18. ¿Por qué _____ esta escuela?

你為什麼選這個學校？

19. ¿Cuándo _____ a Granada?

你什麼時候到格拉納達的？

20. ¿Por qué _____ venir a estudiar a Granada?

你為什麼決定到格拉納達念書？

21. ¿Cómo _____ a tu familia anfitriona?

你怎麼找到你的寄宿家庭的？

22. ¿Cómo _____ a Granada desde Madrid?

你怎麼從馬德里來格拉納達的？

現在完成式：用來講「從過去到現在完成的事」或「經驗」（可參考本書第一課）

23. ¿Qué _____ después de venir a Granada?

你來了格拉納達之後做了什麼？

24. Antes de venir aquí, ¿a qué otros países _____?

來這裡以前，你去哪些其他國家旅行過？

25. ¿ _____ novio/novia latino/a?

你交過拉丁美洲男／女朋友嗎？

26. ¿ _____ La Alhambra?

你參觀過阿爾罕布拉宮了嗎？

27. ¿Qué tapas _____?

你試過什麼西班牙小菜？

透過上面的分類整理，希望讓各位對各種時態的用法有更具體的認識，各位也可以試著用每種時態再想1～2個「認識新的外國朋友」時可以問的問題，來加強練習。

（二）常用命令句

請看課文中的例子：

Escribid una respuesta breve.
（把對方的答案）簡單寫下來。

Pedid su firma.
請對方簽名。

Empecemos.
（我們）開始吧！

Regresad a vuestro asiento.
回到你們的座位上。

這一課因為是「老師面對整班同學」的場景，所以命令式動詞都以「你們」、「我們」的形式出現較多，建議可以參考第二～四課的命令式文法說明。

 實戰演練：下面是一些在課堂上常見的指令語，請填入適當的動詞變化，注意有的是反身動詞，有的需要加受詞。

1. _____ (sacar) los libros.

    你們／您們把書拿出來。

2. _____ (abrir) los libros.

    你們／您們把書打開。

3. _____ (leer) juntos.

    我們一起唸。

4. _____ (mirar) aquí.

    你們／您們請看這裡。

5. _____ (pararse), por favor.

你們／您們請站起來。

6. _____ (practicar) con un compañero/una compañera.

你們／您們找一個同學練習。

7. _____ (copiar) esto.

你們／您們把這個抄下來。

8. _____. (sentarse)

你們／您們請坐。

9. _____. (recordarse)

你們／您們要記得。

10. _____ (dar) la tarea.

你們／您們把作業（交）給我。

（三）疑問詞整理

本課練習的主題是「認識外國新朋友可以問的問題」，下面按照疑問詞分類，列出各種適合跟新朋友聊天的問題，並且涵蓋各種目前學過的時態。每個疑問詞，大家可以再練習自己想2個「認識外國新朋友可以問的問題」。

8

¿Qué? 什麼？	¿Quién? 誰？
¿Qué ciudades has visitado? 你參觀過什麼城市？ ¿Qué comida española has probado? 你試過什麼西班牙食物？ ¿Qué me recomiendas hacer en tu país? 你推薦我在你的國家做什麼？ ¿Qué no debo hacer en tu país? 我在你的國家不應該做什麼？ _____ _____	¿Quién es nuestro profesor/nuestra profesora? 誰是我們的教授？ ¿Quién es tu mejor amigo/amiga? 誰是你最好的朋友？ ¿Quién es un/una cantante famoso/famosa de tu país? 誰是你國家最有名的歌手？ ¿Quién quiere ir a una clase de salsa conmigo? 誰要跟我去上騷莎課？ _____ _____
¿De qué? 什麼……的？	**¿De quién?** 誰的？
¿De qué te graduaste? 你是什麼科系畢業的？ ¿De qué está hablando el profesor? 教授在說什麼？ ¿De qué signo（星座）eres? 你是什麼星座的？ ¿De qué trabajas? 你做什麼工作？ _____ _____	¿De quién es la canción que estás escuchando? 你在聽的是誰的歌？ ¿De quién están hablando? 您們在講（關於）誰？ ¿De quién es el coche con placas（車牌）ABC123? Está en línea roja y hay un policía cerca. 車牌ABC123的車是誰的？停在紅線上，附近有警察了。 ¿De quién son estas llaves? 這些鑰匙是誰的？ _____ _____

¿A qué? 對／向什麼？	**¿A quién?** 對／向誰？
¿A qué hora es la clase? 課是幾點的？ ¿A qué cafetería quieres ir? 你想去哪間咖啡店？ ¿A qué restaurante vamos? 我們去哪間餐廳？ ¿A qué te dedicas? 你從事什麼工作？ _____ _____	¿A quién podemos llamar en caso de emergencia（緊急狀況）? 緊急狀況的時候我們可以打給誰？ Buenos días, ¿a quién buscas? 早安，你找哪位？ ¿A quién le tenemos que entregar（繳交）la tarea? 請問我們作業要繳交給誰？ ¿A quién le gusta la música clásica? 誰喜歡古典音樂？ _____ _____
¿Por qué? 為什麼？	**¿Con quién?** 跟誰？
¿Por qué has escogido（選擇）esta ciudad? 你為什麼選擇了這個城市？ ¿Por qué los taiwaneses se quitan（脫掉）los zapatos cuando entran a una casa? 為什麼台灣人進房子的時候要脫掉鞋子？ ¿Por qué los latinos saludan de beso? 為什麼拉丁人見面時會親吻對方？ ¿Por qué quieres estudiar español? 你為什麼想要學西班牙語？ _____ _____	¿Con quién te estás quedando en Granada? 你在格拉納達跟誰住？ ¿Con quién vives en tu país? 你在你的國家跟誰住？ ¿Con quién practicas español después de la clase? 你課後跟誰練習西班牙語？ _____ _____

8

¿Cuánto? 多少？（陽性／單數）	¿Cuánta? 多少？（陰性／單數）
¿Cuánto has entendido en clase? 課程你弄懂了多少？ ¿Cuánto calor hace en tu ciudad en junio? 在你的城市，7月有多熱？ ¿Cuánto cuesta una hamburguesa en tu país? 在你的國家，一個漢堡多少錢？ ¿Cuánto tiempo falta（還剩多少時間）para empezar la clase? 還有多久上課？ _____ _____	¿Cuánta azúcar echas cuando tomas café? 你喝咖啡的時候加多少糖？ ¿Cuánta gente hay en tu país? 你的國家有多少人？ ¿Cuánta memoria（記憶體）tiene tu móvil? 你的手機記憶體容量有多少？ _____ _____
¿Cuántos? 多少？（陽性／複數）	**¿Cuántas? 幾？（陰性／複數）**
¿Cuántos cafés tomas al día? 你一天喝幾杯咖啡？ ¿Cuántos amigos latinos tienes en Facebook? 你臉書上有幾個拉丁朋友？ Si vas a Cuba, ¿cuántos días quieres ir? 如果你去古巴，會想要去幾天？ ¿Cuántos libros de español has leído? 你讀過幾本西班牙語書？ _____ _____	¿Cuántas maletas has traído desde tu país? 你從你的國家帶了幾個行李來？ ¿Cuántas veces has viajado a España? 你去西班牙旅行過幾次？ ¿Cuántas películas españolas has visto? 你看過幾部西班牙電影？ ¿Cuántas semanas es este curso de español? 這個西班牙語課程是幾個星期的？ _____ _____

¿Cómo? 如何／怎麼樣？	¿Cuál? 哪一個？
¿Cómo es tu ciudad? 你的城市是怎麼樣的？ ¿Cómo es el clima de tu país? 你國家的氣候是怎麼樣的？ ¿Cómo practicas español? 你怎麼練習西班牙語？ ¿Cómo vienes a la clase todos los días? 你每天都怎麼來上課？ _____ _____	¿Cuál es tu nombre? 你叫什麼名字？ ¿Cuál es tu libro favorito? 你最喜歡的書是哪一本？ ¿Cuál prefieres? ¿El celular rojo o el azul? 你比較喜歡哪個？紅色還是藍色的手機？ ¿Cuál es el templo más antiguo de tu ciudad? 在你城市最古老的廟是哪間？ ¿Cuál es tu usuario de LINE? 你的LINE帳號是什麼？ _____ _____

8

memo

Lección 9

Yendo de tapas con los compañeros después de la clase

下課後跟同學一起去吃 tapas

本課學習目標：

1. 認識西班牙的小菜 tapas、飲料

2. 在西班牙酒吧點餐的萬用句

3. 邀請別人的句型

4. 和他人約定進行活動的句型

Daniel y Sabrina son compañeros de clase de Alejandra. Daniel es de Francia y Sabrina es de Rusia. Ahora ya están saliendo juntos después de las clases.

Daniel和Sabrina是Alejandra的同學，Daniel是法國人、Sabrina是俄羅斯人，他們現在下課後已經會一起出去玩。

Alejandra: Hoy es viernes, ¿qué queréis hacer esta noche?

今天是星期五，今天晚上你們要做什麼？

Daniel: No sé, ¿alguna idea?

不知道耶，有什麼點子嗎？

Sabrina: ¿Por qué no vamos de tapas? Ayer el profesor mencionó un bar famoso cerca de la Plaza Nueva. ¿Habéis ido?

何不去吃tapas（西班牙下酒小菜的統稱）呢？昨天老師提到一間Nueva廣場附近很有名的酒吧。你們去過嗎？

Alejandra: No, no he ido. ¿Vamos juntos?

沒有，我沒去過。我們一起去嗎？

Daniel: Me parece bien.

我覺得不錯。

Sabrina: Perfecto. ¿Dónde quedamos?

好。我們要約在哪裡？

Alejandra: Quedamos en la parada de autobús de la Plaza Nueva, ¿os parece bien?

我們約在Nueva廣場的公車站，你們覺得好嗎？

Daniel: De acuerdo. ¿A qué hora?

同意。幾點呢？

Sabrina: ¿A las 7 de la noche?

晚上7點？

Alejandra: ¿Te acuerdas de que aquí en España la gente cena a partir de las 9? A las 7 creo que no va a haber nada en los bares.

你記得西班牙人都是晚上9點開始吃晚餐的嗎？我覺得7點的話酒吧應該什麼都沒有耶……

Sabrina: Es verdad. Todavía no estoy acostumbrada a la hora tan loca de comer en España.

對吼！我還沒習慣西班牙這個瘋狂的用餐時間……

Daniel: Yo tampoco. Seguro que a las 7 voy a comer algo en casa primero.

我也不行。我7點一定就會在家先吃點東西了。

Alejandra: Jaja. Parece que todos estamos igual. Bueno, nos vemos esta noche a las 9 entonces. ¿Intercambiamos WhatsApp para estar en contacto?

哈哈，看起來我們都一樣啦！好吧，那晚上9點見吧！為了方便聯絡，我們來交換WhatsApp吧？

Sabrina, Daniel: Vale.

好。

(Alejandra, Sabrina y Daniel llegaron a la Plaza Nueva.)

（ *Alejandra*、*Sabrina* 和 *Daniel* 到了 *Nueva* 廣場。）

9

Alejandra: Bueno, ya estamos todos.

好，都到了！

Sabrina: Mira, el Google Maps dice que es por esta calle.

你看，Google地圖說是在這條街上。

Daniel: Vamos.

走吧！

(Alejandra, Sabrina y Daniel están dentro del bar.)

（*Alejandra*、*Sabrina*和*Daniel*在酒吧裡。）

Camarero: ¿Qué queréis tomar?

你們要喝什麼？

Alejandra: Para mí, una sangría.

我要一杯西班牙水果酒。

Sabrina: Una clara por favor.

一杯啤酒加汽水。

Daniel: Yo quiero un mojito.

我要一杯莫希托酒。

Camarero: Sangría, clara y mojito.

西班牙水果酒、啤酒加汽水、莫希托酒。

Sabrina: ¿Cómo ordenamos las tapas?

小菜怎麼點？

Camarero: Aquí está la carta. ¿Queréis en español o inglés?

菜單在這邊，你們要西班牙語還是英語菜單？

Daniel: Español por favor. Queremos practicar.

西班牙語，我們要練習。

9

Camarero: Ah, bueno. Leed tranquilos. Luego me decís lo que queréis.

喔，好啊。慢慢看，待會再告訴我你們要什麼。

Alejandra: Venga, gracias.

好，謝謝。

Alejandra: Yo quiero probar gambas al ajillo, mi maestra de español en Taiwán nos mostró la foto un día en clase, desde entonces he querido probar.

我想試試看大蒜鮮蝦，我台灣的西班牙語老師有一天上課的時候有給我們看照片，從那時候開始我就好想試。

Daniel: Yo voy a probar las albóndigas, tienen muy buena pinta.

我要來試試看牛肉球，看起來好好吃。

Sabrina: ¡Qué difícil de elegir, todo se ve muy bueno! Bueno, una hamburguesita con jamón ibérico. Todavía no he probado jamón ibérico desde que vine a España, eso no puede ser.

好難選喔！每個看起來都好好吃！好，那我要一個伊比利火腿小漢堡。我來西班牙之後都還沒吃過伊比利火腿，這樣不行。

Alejandra: Bueno, vamos a llamar al camarero.

好，我們叫服務生吧！

(Después de comer y tomar unas copas.)

（三人用完餐，喝了幾杯之後。）

Sabrina: Alejandra, ¿estás bien?

Alejandra，妳還好嗎？

Alejandra: Sí, pero creo que he bebido demasiado.

還好，我覺得我可能喝太多了！

9

Daniel: Sabrina. ¿Qué te parece si la llevamos a su casa?

Sabrina，我們帶她回家，你覺得如何？

Sabrina: Sí, me parece bien.

好。

(En la puerta del bar antes de ir a la casa de Alejandra.)

（在酒吧門口，要回Alejandra的家之前。）

Alejandra: *(Los borrachos dicen la verdad)* Quiero decir algo... estoy enamorada.

（酒後吐真言）我有話要說，我喜歡上一個人了～～～

Sabrina y Daniel: ¿Ah? ¿De quién?

啊？誰啊？

Lo que Alejandra dijo, dejó a todos sorprendidos.

Alejandra說的話讓大家都很驚訝！

　　看了課文裡面提到這麼多西班牙tapas美食，是不是很想看看實際照片呢？掃描這個QR Code，把西班牙必點tapas清單存起來，去旅行時一個一個點來吃！

9

1. ¿De qué lugar famoso habló el profesor de español?

2. ¿En dónde está ese lugar?

3. ¿A qué hora quedaron los estudiantes? ¿Por qué?

4. ¿Cómo se van a comunicar los estudiantes?

5. ¿Cómo te comunicas con tus amigos normalmente?

6. ¿A qué hora es la cena normalmente en España? ¿Y en tu país?

7. ¿Qué bebidas ordenaron los estudiantes?

8. ¿Por qué Alejandra quiere ordenar gambas al ajillo?

9. ¿Qué comida española te gustaría probar?

10. ¿En qué idioma los estudiantes vieron la carta? ¿Por qué?

9

（一）名詞

la parada de autobús 公車站	las albóndigas 牛肉球
la sangría 西班牙水果酒	la hamburguesita con jamón ibérico 伊比利火腿小漢堡
la clara 啤酒加汽水	el camarero/ la camarera 服務生
el mojito 莫希托酒（一種古巴調酒）	la puerta 門
la carta 菜單	la verdad 真話、事實
las gambas al ajillo 大蒜鮮蝦	

（二）動詞

我們用了哪些 ar 動詞？

intercambiar 交換	probar 試試看
mencionar 提到	ordenar 點餐
quedar 約	llevar 帶（東西）、載（某人）
mostrar 展示	

我們用了哪些 ir 動詞？

ir de tapas 去吃tapas	elegir 選擇

（三）形容詞

juntos/as 一起的	borracho/a 喝醉的
acostumbrado/a 習慣的	sorprendido/a 驚訝的
enamorado/a 戀愛（中）的	loco/a 瘋狂的

（四）連結詞、片語

de acuerdo 同意	desde entonces 從那時候開始
a partir de 從……起、從……開始	tener buena pinta 看起來很好吃
estar en contacto 聯絡	se ve muy bueno （它）看起來很好（吃）

9

四　Estructura de la oración 語法與句型

（一）為什麼不／何不

¿Por qué no...?

「¿Por qué no...?」常常用來表達「提議做某件事」，並不是真的要問對方「為什麼不做某事」，而是提議説「不如我們來做某事吧！」

請看課文中的例子：

> **¿Por qué no vamos de tapas?**
> 何不去吃tapas呢？

這句要表達的其實就是「¡Vamos de tapas!」（我們去吃tapas吧！）。

 實戰演練：請把以下的句子填入適當的對話中。

¿Por qué no comemos paella?
¿Por qué no nos quedamos en casa?
¿Por qué no te callas（閉嘴）？
¿Por qué no los compramos por internet?
¿Por qué no vamos a la playa?

1. 跟朋友説自己買了新的泳裝：

   A: El verano ha llegado y he comprado mi traje de baño.

   B: _____

2. 老公跟老婆説突然想吃西班牙菜：

   A: Tengo deseos de comer comida española.

   B: _____

9

3. 最近有點累，週末不想安排活動：

A: ¿A dónde quieres ir el fin de semana?

B: Estoy muy cansado. _____

4. 在實體書店和網路書店之間比價：

A: Los libros en la librería están muy caros, ¿los compramos?

B: En internet están más baratos. _____

5. 某人在旁邊碎碎念了30分鐘：

A: Ya llevo 30 minutos hablando contigo y no dices nada. ¿Tienes algo que decir?

B: Sí. _____

（二）約在……

quedar ＋地點、時間、雙方約好的一件事

請看課文中的例子：

¿Dónde quedamos?
我們要約在哪裡？

「quedar」的後面可以加上地點、時間、或雙方約好的一件事，例如：

例1：Quedamos en la estación de tren.

我們約在火車站。

例2：Quedamos a las 10 de la mañana.

我們約明天早上10點。

例3：Quedamos de hacer la tarea juntos mañana.

我們約好明天一起做功課。

9

實戰演練：請用「quedar」這個動詞完成以下對話。

1. 跟朋友約晚上看電影：

   A: ¿A qué hora quedamos para ir al cine?

   B: _____ .

2. 兩個同事要一起從馬德里前往巴賽隆納：

   A: ¿Dónde quedamos para ir a Barcelona?

   B: _____ .

3. 確認週末出去玩要約幾點見：

   A: ¿A qué hora quedamos el sábado?

   B: _____ .

4. 跟同學約要一起做功課：

   A: ¿Dónde quedamos para hacer la tarea?

   B: _____ .

5. 跟同學約期末聚會：

   A: ¿Dónde quedamos para celebrar el fin de curso?

   B: _____ .

9

（三）記得

acordarse de que ＋一個完整的句子

請看課文中的例子：

> **¿Te acuerdas de que aquí en España la gente cena a partir de las 9?**
> 你記得西班牙都是晚上9點開始吃晚餐的嗎？

實戰演練：請用「acordarse de que ＋一個完整的句子」完成以下對話。

1. 老婆提醒老公跟長輩有家庭聚會：

   Esposa: ¿_____ con mi familia?

   Esposo: ¿En serio?

2. 老婆提醒老公結婚紀念日的事：

   Esposa: ¿_____ aniversario?

   Esposo: Claro que me acuerdo. (Gracias a Facebook)

3. 老婆提醒老公有承諾過要每天倒垃圾：

   Esposa: ¿_____ todos los días?

   Esposo: ¿Yo? Creí que tú lo prometiste.（prometer 承諾）

4. 老公提醒老婆西班牙足球聯盟比賽要開始了：

   Esposo: ¿_____ la liga española?

   Esposa: No. ¿Por qué es importante?

5. 老公提醒老婆，他媽媽要來訪：

   Esposo: ¿_____ mi madre?

   Esposa: No, no me dijiste nada.

9

（四）從……起

a partir de ＋某個時間點

請看課文中的例子：

¿**Te acuerdas que aquí en España la gente cena a partir de las 9?**
你記得西班牙都是晚上9點開始吃晚餐的嗎？

實戰演練：請用「a partir de」完成以下對話。

1. 確認新課程開課日期：

    A: ¿Cuándo empieza el curso?

    B: _____.

2. 衣服穿不下，嚷嚷著要開始減肥：

    Esposa: Este vestido no me queda. _____ voy a
    hacer dieta.

    Esposo: Eso mismo dijiste el año pasado.

3. 學生誇下海口說明天開始要天天用功：

    Estudiante: _____ voy a estudiar y hacer todas las
    tareas.

    Maestro: Muy bien, pero el examen es hoy.

4. 某朋友公開宣告明天起要戒酒：

    Amigo: _____ no voy a beber más alcohol.

    Yo: ¿Por qué desde mañana?

    Amigo: Porque hoy hemos quedado de ir al bar.

5. 老公跟老婆宣告下週起要天天去健身房：

    Esposo: Escucha. _____ la próxima semana
    voy al gimnasio todos los días.

    Esposa: Me gustaría creerte.

9

（五）習慣……

estar acostumbrado/a

請看課文中的例子：

Todavía no estoy acostumbrada a la hora tan loca de comer en España.
我還沒習慣西班牙這個瘋狂的用餐時間……

實戰演練：請用「estar acostumbrado/a」完成以下對話。

1. 老公問老婆喜歡他的歌聲嗎：

   Esposo: ¿Te gusta cómo canto?

   Esposa: No, pero _____ al ruido.

2. 老婆以為老公開始習慣喝養身無糖咖啡了：

   Esposa: Estás tomando café sin azúcar. ¿Ya _____?

   Esposo: No, no estoy acostumbrado. Es que ya no tenemos azúcar.

3. 問外國朋友是否已習慣天天下廚：

   Amigo 1: ¿_____ cocinar todos los días?

   Amigo 2: No, pero no me gusta la comida de aquí.

4. 老師問學生為什麼天天騎腳踏車上課：

   Maestro: ¿Por qué vienes todos los días en bicicleta?

   Estudiante: Porque _____ ejercicio.

5. 兩個外國人討論適應台灣環境的問題：

   Amigo: ¿A qué no _____ en Taiwán?

   Yo: _____ al calor en verano.

9

（六）你們要的那個東西、那件事

`lo que queréis`

請看課文中的例子：

Luego me decís lo que queréis.
待會再告訴我你們要什麼。

Lo que Alejandra dijo, dejó a todos sorprendidos.
Alejandra説的話讓大家都很驚訝！

「lo que」後面加動詞，可以理解為「……的那個東西、那件事」，例如：

例1： Lo que dijo es importante.

他説的「那件事」很重要

例2： Lo que quiere es un mojito, no es cerveza.

他要的「那個東西」是莫西托酒，不是啤酒。

例3： A: ¿Quieres paella?

你要西班牙海鮮飯嗎？

B: No.

不要。

A: ¿Quieres pasta?

你要義大利麵嗎？

B: Tampoco.

也不要。

A: ¿Entonces? ¿Quieres pizza?

所以呢？你要披薩嗎？

B: No, lo que quiero no es comer. Lo que quiero es dormir.

不要，我要的不是吃東西，我要的是睡覺。

實戰演練：請用「lo que」完成以下對話。

1. 開會之後，兩個同事在談剛剛主管公布的事情：

   Compañera 1: En la reunión, la jefa ha dicho que vamos a mudarnos de la oficina, ¿no?

   Compañera 2: No, _____ es que vamos a remodelar（裝潢） la oficina, así que vamos a tener que trabajar 5 días en casa.

2. 兩個同學討論安排做功課的時間：

   Compañero: ¿Sabes cómo hacer la tarea?

   Yo: Sí, no es tan difícil, _____ es tiempo.

3. 兩個朋友討論夏天的計劃：

   Amigo: ¿Qué quieres hacer en verano?

   Yo: Pues no sé, ya llevo un año sin vacaciones, _____ tener vacaciones.

4. 男女朋友溝通中：

   Novio: ¿Qué puedo hacer por ti? ¿Qué quieres?

   Novia: Nada, _____ estar sola.

5. 夫妻之間溝通家事分配中：

   Esposo: ¿Qué puedo hacer para ayudarte?

   Esposa: _____ es hacer la cena.

memo

Lección 10

Participando en una actividad cultural con los compañeros

跟同學計畫一起參與當地藝文活動

本課學習目標：

1. 上西班牙的真實網站找藝文資訊、網路訂票

2. 聊聊對藝文活動的看法

3. 討論什麼是值得一試的旅遊體驗

Alejandra, Daniel y Sabrina se hicieron muy amigos. Están planeando un viaje a Madrid.

Alejandra、Daniel和Sabrina成了很好的朋友,他們正在計劃一起去馬德里玩。

Alejandra: Profe*, vamos a viajar a Madrid por 3 días. ¿Qué nos recomienda hacer?

老師,我們要去馬德里旅行3天。您推薦我們可以做什麼?

Profesor: ¿Os interesan las actividades culturales? En Madrid hay un montón de teatros, os recomiendo ir a ver por lo menos un teatro. Va a ser una muy buena experiencia y buena práctica de español.

你們對文化活動有興趣嗎?在馬德里有一大堆戲劇院,我推薦你們至少去看一個舞台劇。那會是一個很棒的體驗,而且當作練習西班牙語(的機會)也很好。

Daniel: ¿Cómo podemos ver la información de las obras?

我們要怎麼看到演出的資訊呢?

*在西班牙文化,和老師熟了一點以後,可以稱呼老師為「profe」,有點像是「profesor/profesora」的暱稱。

10

Profesor: Podéis ver la página web: teatromadrid.com, de hecho, ya que lo habéis mencionado, ¿por qué no vamos a leer un poco la página ahora todos juntos?

你們可以看teatromadrid.com這個網站，其實，既然你們都提了，我們何不一起來讀一下這個網站呢？

Sabrina: Me parece buena idea.

我覺得是好主意。

Profesor: Vale. Mirad, esta es la página web. Entrad aquí donde dice "Cartelera", están las categorías de actividades culturales.

好，你們看，是這個網站。從這邊「演出資訊」的地方進去，就會看到文化活動的各種分類。

Alejandra: Guau, hay muchas.

哇！有好多！

Profesor: Es que Madrid es la capital, hay muchas más actividades culturales que en Granada. Si vais a ir a Madrid, tenéis que aprovechar.

這是因為馬德里是首都，文化活動會比格拉納達多很多。如果你們要去馬德里，要好好把握機會！

Daniel: ¿Ha visto alguna obra de estas?

這些演出有您看過的嗎？

Profesor: Sí, he visto "La cubana: adiós Arturo" y "Perfectos Desconocidos". Las dos son comedias. "La cubana: adiós Arturo" habla del funeral de un personaje famoso en una forma muy graciosa. Y "Perfectos Desconocidos" es la historia de una cena de 7 amigos (3 parejas más otro), la conversación es muy sarcástica y tiene mucho sentido del humor.

有！我看過《Arturo再見》和《完美陌生人》。《Arturo再見》講的是一個名人的喪禮的故事，可是非常好笑！《完美陌生人》講的是7個好朋友（3對夫妻和另一個朋友）一起吃晚餐發生的故事，對話非常諷刺而幽默。

10

Alejandra: Profe, cree que con nuestro nivel de español, ¿vamos a poder entender todo?

老師，您覺得以我們的西班牙語程度，都能聽得懂嗎？

Profesor: Obviamente no vais a entender "todo". Pero la idea de ir al teatro tampoco es entender "todo", sino tener la experiencia, y disfrutar el ambiente en vivo.

當然不會「全部」都懂。去看戲劇的主要目的本來就不是看懂「全部」，而是獲得一個體驗、享受現場的氣氛。

Sabrina: Creo que vale la pena ir una vez.

我覺得值得去一次。

Profesor: Exacto, además, seguro que vais a poder captar algunas partes, y si leéis bien la información y los comentarios de la gente por internet antes de ir, vais a poder entender mucho más.

沒錯！而且，你們一定會抓到一部分的意思，再者，如果你們在去之前先讀一下演出的資訊、其他網友的相關評論，你們就可以懂得更多。

Alejandra: ¿Cómo podemos comprar las entradas?

我們可以怎麼買票呢？

Profesor: Podéis pagar con tarjeta de crédito por internet. Os van a enviar las entradas electrónicas a vuestros correos electrónicos.

可以在網路上刷卡，電子票就會寄到你的信箱。

Daniel: ¿Ah, sí? ¡Qué conveniente!

是喔？真方便！

Sabrina: Vamos a leer más comentarios antes de elegir cuál vamos a ver. Gracias por la información, profe.

我們在決定要看哪場表演之前，先讀一下網路上的相關評論吧！老師，謝謝您的資訊！

(Después de clase.)　　　　　　　　　　　　　（下課後。）

Sabrina: Alejandra, tenemos que hablar
sobre lo que dijiste al salir del bar ayer.

Alejandra，我們得談談妳昨天離開酒吧
之後説的話。

Alejandra: ¿Qué dije? No recuerdo nada.

我説了什麼？我都不記得耶！

Sabrina: Dijiste que estás enamorada de
alguien. Otros estudiantes de la escuela
también fueron al bar y ahora todos lo
saben.

妳説你喜歡上了一個人！我們學校其他
的一些同學也有去那間酒吧，現在大家
都知道了！

Alejandra: ¡Dios mío! ¿En serio? ¡Qué
vergüenza!

我的天啊！認真嗎？太丟臉了！

Sabrina: Es normal, es un chico muy
guapo.

這很正常啦！他很帥啊！

Alejandra: ¿Él también lo sabe?

他也知道了嗎？

Sabrina: Pues claro. Todos te escucharon.

當然，大家都聽到了！

¿Qué pasará con Alejandra y ese chico?

Alejandra跟這個男生會發生什麼事呢？

El viaje a Madrid traerá otras sorpresas.
Seguiremos conociendo la historia de
Alejandra en el próximo libro.

馬德里之旅會帶來其他的驚喜喔！
Alejandra的故事發展我們下一本書繼續
看下去！

10

1. ¿A dónde van a ir los estudiantes?

2. ¿Qué les recomendó hacer el profesor en Madrid?

3. ¿Dónde se puede encontrar información de teatros en tu ciudad?

4. ¿En qué ciudades de tu país hay más actividades culturales?

5. ¿Has visto una obra de teatro? ¿Cuál?

6. ¿Te gusta ir al teatro? ¿Por qué?

7. ¿Cómo pueden comprar entradas los estudiantes?

8. ¿Te gustaría ver una obra de teatro en español? ¿Por qué?

9. ¿Cómo van a decidir los estudiantes qué obra de teatro ver?

10. Normalmente, ¿cómo compras entradas para actividades culturales? ¿Por qué?

10

*學完本課後，建議可以上teatromadrid.com的網站，按照課文描述，實際去試試看如何在網路
上買馬德里舞台劇的票，也可練習閱讀網友對各個戲劇的評論喔！

（一）名詞

la actividad cultural 文化活動	la entrada electrónica 電子票
el personaje 人物	la cartelera 上映／演出資訊
el teatro 戲劇、舞台劇	el correo electrónico 電子信箱
la forma 方式、形式	la categoría 分類
la experiencia 經驗、體驗	el sentido del humor 幽默感
el nivel 程度	el funeral 葬禮
la obra 演出、作品	la sorpresa 驚喜
el comentario 評論	el ambiente 氣氛
la página web 網頁	la historia 歷史

（二）動詞

我們用了哪些 ar 動詞？

disfrutar 享受	aprovechar 把握（機會）
captar 抓到	

我們用了哪些 er 動詞？

entender 了解、懂	tener que 必須

我們用了哪些 ir 動詞？

elegir 選擇	seguir 繼續

10

（三）形容詞

gracioso/a 好笑的

conveniente 方便的

sarcástico/a 諷刺的

（四）連結詞、片語

un montón de 一大堆

no...sino... 不是……而是……

por lo menos 至少

vale la pena 值得

（五）副詞

obviamente 很明顯地

en vivo 現場地

en serio 認真地、嚴肅地

（一）一大堆

un montón de

請看課文中的例子：

En Madrid hay un montón de teatros.
在馬德里有一大堆戲劇院。

實戰演練：請用「un montón de」完成以下對話。

1. 外地人問新竹人當地職場生態：

   A: He oído decir que en Hsinchu hay muchos ingenieros, ¿es verdad?

   B: No muchos, sino _____.

2. 外國人問台灣的交通：

   A: ¿Cómo es el tráfico en Taiwán?

   B: Como Taiwán es una isla pequeña, no hay suficiente espacio para coches,

   hay _____.

3. 外國人問台灣的便利商店：

   A: ¿Es cierto que en Taiwán hay muchas tiendas de conveniencia?

   B: _____, casi en cada esquina hay una.

4. 告訴朋友週末超忙，無法約聚會：

   A: ¿Estás libre el fin de semana?

   B: No, lo siento. _____.

5. 問朋友3年後的規劃：

   A: ¿Cuál es tu meta dentro de 3 años?

   B: Pues no sé, por lo menos _____.

10

（二）至少

por lo menos

請看課文中的例子：

> **Os recomiendo ir a ver por lo menos un teatro.**
> 我推薦你們至少去看一個舞台劇。

實戰演練：請用「por lo menos」完成以下對話。

1. 老師公布隔天要考試：

   Maestro: Mañana hay examen.

   Estudiante: No he estudiado nada. Tengo que _____.

2. 醫生給病人減重的建議：

   Paciente: Doctor, ¿qué me recomienda?

   Doctor: Debe bajar de peso _____.

3. 老公希望老婆陪他去朋友家：

   Esposa: No me gusta ir a la casa de tus amigos.

   Esposo: Vamos juntos _____ al año.

4. 老婆希望老公陪她去上瑜伽：

   Esposo: No quiero tomar clases de yoga.

   Esposa: Vamos juntos _____. Si no te

   gusta no pasa nada.

5. 兒子跟媽媽說要寫的功課：

   Madre: ¿Tienes mucha tarea?

   Hijo: Tengo que escribir _____ páginas.

10

（三）既然

ya que...

請看課文中的例子：

> **Ya que lo habéis mencionado, ¿por qué no vamos a leer un poco la página ahora todos juntos?**
> 既然你們都提了，我們何不一起來讀一下這個網站呢？

 實戰演練：請用「ya que」完成以下對話。

1. 兒子跟媽媽說肚子餓：

   Hijo: Tengo mucha hambre.

   Madre: _____, come este pastel.

2. 老婆請老公多做點家事：

   Esposo: He terminado de lavar los platos.

   Esposa: _____, tira la basura.

3. 公婆要來訪，老婆想離開：

   Esposo: Este sábado mi madre viene a casa.

   Esposa: _____, voy a casa de mi hermana.

4. 差不多到了吃飯時間：

   Amigo: Son las doce del mediodía.

   Yo: _____, vamos a almorzar.

5. 邀請喜歡做飯的朋友到家裡做飯：

   Amiga: A mí me gusta cocinar.

   Yo: _____, ven a mi casa el domingo. Viene

   mi familia de visita.

（四）不是……而是……

no...sino...

請看課文中的例子：

> **Pero la idea de ir al teatro tampoco es entender "todo", sino tener la experiencia, y disfrutar el ambiente en vivo.**
> 去看戲劇的主要目的本來就不是看懂「全部」，而是獲得一個體驗、享受現場的氣氛。

 實戰演練：請用「no...sino...」完成以下對話。

1. 兩個朋友在八卦新來的同事：

   Amiga: ¿Es guapo tu nuevo compañero de trabajo?

   Yo: _____ interesante.

2. 夫妻在聊一部剛看的電影：

   Esposa: ¿Te parece triste esta película?

   Esposo: _____ aburrida.

3. 老師抓到學生上課不專心：

   Maestro: ¿Estás jugando el móvil?

   Estudiante: No lo estoy jugando, sino _____.

4. 男女朋友之間聊到之前去西班牙看舞台劇的經驗：

   Novia: ¿Viste una obra de teatro cuando fuiste a Madrid?

   Novio: _____.

5. 兩個朋友閒聊去健身房運動兼看帥哥：

   Amiga: ¿Vas al gimnasio a hacer ejercicio?

   Yo: _____ para ver chicos guapos.

（五）值得

vale la pena

請看課文中的例子：

> **Creo que vale la pena ir una vez.**
> 我覺得值得去一次。

實戰演練：請用「vale la pena」完成以下對話。

1. 老婆問老公為什麼這麼愛跑馬拉松：

   Esposa: Es tan cansado correr una maratón, ¿de verdad vale la pena?

   Esposo: Sí claro, _____ vale la pena.

2. 問一個去墨西哥讀過書的同學感想如何：

   Compañero de clase: ¿Cómo fue tu experiencia de estudiar español en Mexico?

   　　　　　　　　　¿Gastaste（gastar 花錢）mucho dinero?

   Yo: Sí gasté un montón, pero _____ vale la pena.

3. 問一個外國朋友會不會後悔放下一切來台灣：

   Amigo 1: ¿Te has arrepentido（arrepentirse 後悔）de dejar tu trabajo para venir a

   　　　　Taiwán

   Amigo 2: No, para nada. _____ vale la pena.

4. 問朋友為什麼這麼貴的餐廳還要來：

   Amigo: ¿Por qué te gusta este restaurante? Es carísimo.

   Yo: _____ vale la pena.

5. 問養3隻狗的朋友的感想：

   Amigo: ¿No es muy cansado tener tres perritas?

   Yo: A veces sí es un poco cansado, pero _____

   vale la pena.

10

本書有提到的A1-A2程度所學各種動詞時態，都整理在這個頁面，搭配影片說明，方便你掃描存在手機，隨時複習！

10

memo

國家圖書館出版品預行編目(CIP)資料

我的第三堂西語課 / 游皓雲、洛飛南（Fernando López）著
-- 初版 -- 臺北市：瑞蘭國際有限公司, 2021.05
288面；19 × 26公分 --（外語學習；91）
ISBN：978-986-5560-20-1（平裝）
1.西班牙語 2.讀本

804.78   110005276

外語學習 91

我的第三堂西語課

作者｜游皓雲、洛飛南（Fernando López）‧ 責任編輯｜潘治婷、王愿琦
校對｜游皓雲、洛飛南（Fernando López）、潘治婷、王愿琦

西語錄音｜游皓雲、洛飛南（Fernando López）‧ 錄音室｜采漾錄音製作有限公司
封面設計、版型設計｜陳如琪 ‧ 內文排版｜方皓承
美術插畫｜Julio Areck Chang｜www.behance.net/julioareck｜pikisuperstar / Freepik

瑞蘭國際出版

董事長｜張暖彗 ‧ 社長兼總編輯｜王愿琦
編輯部
副總編輯｜葉仲芸 ‧ 主編｜潘治婷
設計部主任｜陳如琪
業務部
經理｜楊米琪 ‧ 主任｜林湲淘 ‧ 組長｜張毓庭

出版社｜瑞蘭國際有限公司 ‧ 地址｜台北市大安區安和路一段 104 號 7 樓之 1
電話｜(02)2700-4625‧ 傳真｜(02)2700-4622
訂購專線｜(02)2700-4625‧ 劃撥帳號｜19914152 瑞蘭國際有限公司
瑞蘭國際網路書城｜www.genki-japan.com.tw

法律顧問｜海灣國際法律事務所　呂錦峯律師

總經銷｜聯合發行股份有限公司 ‧ 電話｜(02)2917-8022、2917-8042
傳真｜(02)2915-6275、2915-7212 ‧ 印刷｜科億印刷股份有限公司
出版日期｜2021 年 05 月初版 1 刷 ‧ 定價｜480 元 ‧ ISBN｜978-986-5560-20-1
　　　　　2024 年 01 月二版 1 刷

瑞蘭國際

我的第三堂西語課

Respuestas 解答

Preparándose para estudiar en el extranjero

第零課 出國遊學前的準備

二、課文閱讀理解練習

1. ¿En qué tipo de empresa está trabajando Alejandra?

   Alejandra在哪種公司上班？

   Alejandra está trabajando en una empresa de tecnología.

   Alejandra在一間科技公司上班。

2. ¿Cómo están yendo las cosas en su trabajo?

   她的工作進行得如何？

   Las cosas están yendo bien. Le gusta su trabajo.

   她的工作一切進行順利，她喜歡她的工作。

3. ¿Cuántas veces va a clase de español a la semana?

   她一週去上幾次西班牙語課？

   Va a la clase de español 1 vez a la semana.

   她一週去1次西班牙語課。

4. ¿Qué tienen en común sus compañeros de clase de español?

   她跟她的西班牙語課同學有什麼共通點？

   Les interesa hacer cosas nuevas, sobre todo, viajar.

   他們都對新的事物有興趣，尤其是旅行。

5. ¿Cuánto tiempo piensa estudiar en España Alejandra?

   Alejandra想在西班牙讀多久的書？

   Piensa estudiar en España por 1 mes.

   她想在西班牙讀1個月的書。

6. ¿Cómo Alejandra está buscando información de escuelas de idiomas en España?

   Alejandra怎麼找西班牙語言學校的資料？

   La está buscando en internet, también está pidiendo opinión a sus profesores de español.

   她在網路上找資料，也詢問西班牙語老師的意見。

7. ¿A qué ciudad le recomiendas ir a Alejandra?

你建議Alejandra去哪個城市呢？

Le recomiendo ir a Valencia.

我建議她去瓦倫西亞。

8. ¿Cómo están yendo las cosas en tu trabajo?

你的工作進行得如何？

Las cosas en mi trabajo están yendo bien.

我的工作進行得很好。

9. ¿Cuánto tiempo llevas estudiando español?

你學西班牙語多久了？

Llevo medio año estudiando español.

我學西班牙語半年了。

10. Si puedes ir a otro país a estudiar español, ¿en qué país te interesa estudiar? ¿Por qué?

如果你可以去另一個國家學西班牙語的話，你會有興趣在哪個國家學？
為什麼？

Si puedo ir a otro país a estudiar español, me interesa estudiar en Argentina, porque quiero aprender tango argentino también.

如果我可以在另一個國家學西班牙語，我會有興趣在阿根廷學，因為我也想學阿根廷探戈。

四、語法與句型

（一）現在進行式

情形1：說話當下發生的事

實戰演練：請試著敘述圖中人物正在做的動作。

1. Está pensando algo.

她在想一些事。

2. Está leyendo una novela.

她在讀一本小說。

3. Está hablando con su amigo por internet.

他在網路上跟朋友聊天。

4. <u>Está comiendo</u>.

她在吃東西。

實戰演練：請完成以下對話。

1. A: ¿Me estás escuchando?

你在聽我（講）嗎？

B: Sí, sí. Te <u>estoy escuchando</u>. Continúa, por favor.

是啊，我在聽你（講），請繼續。

2. A: ¿Qué estás haciendo? Ya vamos a cenar.

你在幹嘛？我們要吃晚餐了。

B: <u>Estoy escribiendo</u> un correo electrónico. Salgo en 10 minutos.

我在寫一封email，再10分鐘就出來。

3. A: ¿En qué estás pensando?

你在想什麼？

B: Nada. No <u>estoy pensando en nada</u>.

沒有，我沒在想什麼。

情形2：近期這段時間發生的事、進行中的計畫

實戰演練：請完成以下對話。

1. A: ¿Qué hay de nuevo?

最近有什麼新鮮事？

B: Estoy <u>considerando ir a España</u> para estudiar español por 3 semanas.

我在考慮去西班牙念3星期的書。

2. A: ¿Cómo vais con el proyecto?

你們的專案進行得如何？

B: Estamos <u>haciendo</u> el último chequeo.

我們在做最後的檢查。

3. A: ¿Cómo vas con la preparación del examen DELE?

你的DELE考試準備得如何？

B: Estoy <u>repasando</u> la gramática de preposiciones.

我在複習介系詞語法。

情形3：表達一直做某件事情做了多久

實戰演練：請完成以下對話。

1. A: ¿Cuánto tiempo llevas aprendiendo español?

   你學西班牙語多久了？

   B: Llevo 5 meses aprendiendo / estudiando español.

   我學西班牙語5個月了。

2. A: ¿Cuánto tiempo llevas trabajando como vendedora?

   你做業務多久了？

   B: Llevo 4 años trabajando como vendedora.

   我做業務4年了。

3. A: ¿Cuánto tiempo llevas viviendo aquí?

   你在這裡住多久了？

   B: Llevo un año viviendo aquí.

   我在這裡住一年半了。

現在進行式綜合練習

1. 填填看

(1) A: ¿Quieres venir a mi casa? Vamos a ver una película.

   你要來我家嗎？我們要看電影。

   B: No puedo, estoy preparando mi maleta, mañana voy a Japón.

   我不行，我要打包行李，明天要去日本。

(2) A: ¿Cuántos años llevas trabajando en esta empresa?

   你在這間公司工作多久了？

   B: Llevo 2 años trabajando en esta empresa.

   我在這間公司工作2年了。

(3) A: Hablas muy bien español. ¿Cuánto tiempo llevas aprendiendo?

   你西班牙語説得真好，學多久了？

   B: Llevo un año aprendiendo/ estudiando.

   我學一年了。

(4) A: Llevas en el baño 30 minutos, ¿otra vez estás leyendo un libro en el baño?

你在廁所30分鐘了，又在廁所看書了嗎？

B: No. Estoy jugando el celular. Jaja.

沒有，我在玩手機，哈哈！

(5) A: Estoy hablando contigo. ¿Me estás poniendo atención?

我在跟你講話，你有在專心嗎？

B: Sí, sí, continúa.

有、有，繼續！

(6) A: Hola. ¿Estás ocupado?

你好，你在忙嗎？

B: No puedo hablar ahora, estoy viendo una película en el cine.

我現在不能說話，我在電影院看電影。

(7) A: Llevas haciendo ese reporte tres horas. ¿Necesitas ayuda?

你已經做報告3小時了，需要幫忙嗎？

B: Gracias, no te preocupes, ya estoy terminando ahora.

謝謝，別擔心，我已經在收尾（結束）了。

(8) A: ¿Qué pasa?

怎麼了？

B: Llevo estudiando esta lección toda la noche y todavía no entiendo.

我整晚都在讀這一課，還是不懂。

(9) A: ¿Cuánto tiempo llevas corriendo maratones?

你跑馬拉松多久了？

B: Alrededor de siete años.

差不多七年了。

(10) A: De verdad, esa chica te gusta mucho. Llevas una hora chateando con ella.

你真的很喜歡這個女生喔？你已經跟她聊1個小時了。

B: No exageres.

不要誇張了！

（二）有共通點

實戰演練：請完成以下對話。

1. A: ¿Qué tal te llevas con tu nuevo novio?

   你跟你的新男友進展如何？

   B: <u>Tenemos mucho</u> en común. Por ejemplo, <u>nos gusta bailar, cocinar y nadar</u>.

   我們有很多共通點，比如說我們都喜歡跳舞、烹飪和游泳。

2. A: ¿Ya has empezado a tomar clase de español? ¿Cómo son tus compañeros?

   你已經開始上西班牙語課了嗎？你的同學怎麼樣？

   B: <u>Mis compañeros y yo tenemos una cosa</u> en común. <u>Todos queremos estudiar en España</u>.

   我的同學們跟我有一個共通點，我們都想去西班牙讀書。

3. A: ¿Madrid y Granada son 2 ciudades muy diferentes? No sé a dónde ir a estudiar.

   馬德里跟格拉納達是兩個很不一樣的城市嗎？我不知道要去哪裡讀書。

   B: Casi no <u>tienen</u> nada en común. Madrid es <u>una ciudad grande y moderna</u>, pero Granada es <u>muy pequeña y tranquila</u>.

   幾乎沒有任何共通點。馬德里是一個又大又現代化的城市，格拉納達卻又小又寧靜。

4. A: ¿Qué tienen Taiwán y Guatemala en común?

   台灣跟瓜地馬拉有什麼共通點？

   B: <u>Tienen poco en común. El clima, la comida, la cultura son muy diferentes</u>.

   共通點很少，氣候、食物、文化都很不一樣。

5. A: ¿Qué tienen chino y español en común?

   中文跟西班牙語有什麼共通點？

   B: <u>No tienen casi nada en común</u>.

   幾乎沒有什麼共通點。

（三）總比沒有好

實戰演練：請完成以下對話。

1. A: ¿Vas a viajar a Perú solo por 10 días?

   你只去秘魯旅行10天啊？

   B: Sé que 10 días es muy corto, pero es mejor que nada.

   我知道10天很短，可是總比沒有好。

2. A: ¿Me puedes prestar 100 euros?

   你可以借我100歐元嗎？

   B: No tengo tanto, solo te puedo prestar 30 euros.

   我沒有那麼多，只能借你30歐元。

   A: Bueno, es mejor que nada.

   好吧！總比沒有好！

3. A: Tengo hambre, ¿qué vamos a comer? ¿Hay algo en la nevera?

   我很餓，我們要吃什麼？冰箱有東西嗎？

   B: Solo quedan 2 huevos. No hay nada más.

   只剩下2顆蛋，沒有其他東西了。

   A: Bueno, es mejor que nada.

   好吧，總比沒有好。

4. A: Tu moto es muy vieja. ¿Por qué no la cambias?

   你的摩托車很舊了耶。

   B: Es muy vieja, pero ahora no tengo dinero para cambiar de moto. Es mejor que nada.

   是很舊啊，可是我沒錢換車，（有這台）總比沒有好。

（四）很多人說／有人說

實戰演練：請完成以下對話。

1. A: ¿Por qué estudias en Andalucía, no en la capital Madrid?

   你為什麼在安達魯西牙唸書，而不是在首都馬德里？

   B: Porque dicen que Madrid es muy caro, y también peligroso.

   因為很多人說馬德里很貴，又比較危險。

2. A: ¿Es mejor estudiar en España o Latinoamérica?

在西班牙還是拉丁美洲唸書比較好？

B: Dicen que en España es más seguro, pero en Latinoamérica es más barato. Depende de ti.

很多人説西班牙比較安全，可是拉丁美洲比較便宜，看你覺得如何。

3. A: ¿Es útil estudiar español?

學西班牙語有用嗎？

B: Sí, claro. Dicen que es muy útil para viajar y hacer negocios.

當然，很多人説對旅行和做生意都很有用。

4. A: ¿Por qué no cambias de trabajo? Siempre dices que no te gusta.

你為什麼不換工作？你總是説你不喜歡。

B: Porque dicen que ahora es difícil encontrar un buen trabajo en mi área.

因為很多人説現在在我的領域很難找到好工作。

二、課文閱讀理解練習

1. ¿Qué hace Alejandra para saber cómo puede llegar a Granada desde el aeropuerto?

   Alejandra 做什麼來得知（如何得知），怎麼從機場到達Granada？

   <u>Alejandra pregunta en información turística.</u>

   Alejandra在旅客中心詢問。

2. ¿Cuál es la diferencia de tiempo entre el autobús y el tren para ir a Granada desde el aeropuerto?

   從機場搭客運和火車去Granada，時間上有什麼差別？

   <u>El autobús tarda 5 horas. El tren es más rápido, tarda 3 horas y 20 minutos más o menos.</u>

   客運大概5小時。火車比較快，大概3小時20分。

3. ¿Por qué es mejor comprar el billete de tren por internet?

   為什麼在網路上買火車票比較好？

   <u>Porque a veces no hay asiento.</u>

   因為有時候會沒位子。

4. ¿Qué tiene que hacer Alejandra para tener internet en el aeropuerto?

   Alejandra得做什麼才能在機場有網路？

   <u>Tiene que ingresar su correo electrónico para registrarse.</u>

   她得輸入email登錄。

5. ¿Tú crees que Alejandra debe ir en tren? ¿Por qué?

   你覺得Alejandra應該搭火車嗎？為什麼？

   <u>Creo que debe ir en tren, porque el tiempo es dinero/ el tiempo es oro.</u>

   我覺得她應該搭火車，因為時間就是金錢／時間就是黃金。

   <u>Creo que debe ir en autobús, porque la estación de tren está lejos del aeropuerto.</u>

   我覺得她應該搭客運，因為火車站離機場很遠。

6. ¿Hay wifi gratis en el aeropuerto de tu país?

你國家的機場，有免費無線網路嗎？

Sí, hay wifi gratis en el aeropuerto de mi país. / Sí, lo hay.

有，我國家的機場有免費無線網路。／有，有（它）。

7. Cuando viajas a otro país, ¿qué haces para saber cómo ir a otra ciudad desde el aeropuerto?

你去其他國家旅行的時候，如何知道要怎麼從機場去其他城市？

Busco información por internet.

我在網路上找資訊。

Pregunto a la gente en el aeropuerto.

我在機場問人。

8. En tu país, ¿cómo se puede comprar billetes de tren?

在你的國家，火車票可以怎麼買？

Se puede comprar en internet, en las tiendas de conveniencia, en las ventanillas en la estación, o en las máquinas.

可以在網路上、在便利商店、在車站窗口或是機器購買。

9. ¿Cómo se puede llegar a la estación de tren desde el aeropuerto en tu país?

在你的國家，從機場到火車站要怎麼去？

Se puede llegar en autobús, tren bala o taxi.

可以搭客運、高鐵或是計程車。

10. Si alguien viaja a tu país, ¿cómo le aconsejas ir a la ciudad desde el aeropuerto? ¿Por qué?

如果有人要去你的國家，你建議他如何從機場到城市？為什麼？

Le aconsejo tomar el tren bala, es rápido y conveniente.

我建議他搭高鐵，又快又方便。

四、語法與句型

（一）現在完成式

情形1：講到「與現在有關的時間」

實戰練習：請試著將以下畫線部分換成其他資訊，來練習問答。

1. A: ¿Has decidido a qué ciudad ir?

   你決定要去哪個城市了嗎?

   B: Sí, he decidido ir a Valencia.

   對,我決定去Valencia了。

   B: No, todavía no he decidido.

   還沒,我還沒決定。

2. A: ¿Has cambiado el dinero?

   你換錢了嗎?

   B: Sí, lo he cambiado.

   對,換好了。

   B: No, todavía no lo he cambiado. Lo voy a cambiar en el aeropuerto.

   還沒,我還沒換,我會到機場換。

3. A: ¿Qué has comprado hoy?

   你今天買了什麼?

   B: He comprado papel higiénico y jabón.

   我買了衛生紙和肥皂。

4. A: ¿A dónde has viajado este año?

   你今年去了哪些地方旅行?

   B: He viajado a Argentina y Chile, ¿y tú?

   我去了阿根廷和智利旅行,你呢?

   A: Yo he viajado a Centro América, Guatemala y Honduras.

   我去了中美洲旅行,有瓜地馬拉和宏都拉斯。

現在完成式綜合練習

1. 填填看

A: Hola, soy tu compañero de clase de español, Rafael. He pensado mucho en
   ti. Quizás estoy loco, pero he escrito esta carta para expresar mis
   sentimientos, la he dejado en tu escritorio esta mañana, ¿la has visto?

   嗨!我是你的西語課同學Rafael,我很想你,或許我瘋了,可是我寫了這張
   卡片給你,來表達我對你的感覺。我今天早上放在你桌上了,你看到了嗎?

B: Hola. Gracias por tu carta, la <u>he visto</u>, además la he <u>leído</u> junto con mi novio, ahora él también quiere conocerte. Por cierto, este año <u>ha ganado</u> una competencia de karate.

哈，謝謝你的卡片，我看到了，而且我跟我男朋友一起讀了卡片，現在他也想認識你，對了，他今年贏過一場空手道比賽喔！

(Un día después...)

（一天之後）

A: Hola. Hoy tu novio me ha visto y me ha <u>seguido</u>. Me <u>he asustado</u> y he <u>huido</u> de allí.

嗨！你男朋友今天看到我了，還跟著我後面走，他嚇到我了，然後就逃走了。

B: Lo sé, él me lo <u>ha dicho</u>. Él solo ha <u>querido</u> saludarte. Jajaja

我知道，他已經告訴我了，他只是想跟你打招呼，哈哈！

2. 句子翻譯

(1) 你學過幾種語言？

<u>¿Cuántos idiomas has aprendido?</u>

<u>¿Cuántos idiomas has estudiado?</u>

(2) 你去過哪些國家旅行？

<u>¿A qué países has viajado?</u>

(3) 你做過什麼（哪些）工作？

<u>¿En qué has trabajado?</u>

<u>¿Qué trabajos has hecho?</u>

(4) 你聽過這首西班牙語歌嗎？

<u>¿Has escuchado esta canción de español?</u>

(5) 你看過什麼拉丁美洲電影？

<u>¿Qué película de Latinoamérica has visto?</u>

(6) 你考慮過去其他國家學西語嗎？為什麼？

<u>¿Has considerado estudiar español en otro país? ¿Por qué?</u>

(7) 你去西班牙看過足球嗎？

<u>¿Has visto fútbol en España?</u>

(8) 你交過外國男／女朋友嗎？

　　¿Has tenido novio extranjero / novia extranjera?

(9) 你聽說過瓦倫西亞的火節（Las Fallas）嗎？有興趣去嗎？

　　¿Has oido decir sobre Las Fallas en Valencia? ¿Te interesa ir?

(10) 你去過任何台灣的西班牙餐廳嗎？在哪裡？

　　¿Has ido a algunos restaurantes españoles en Taiwán? ¿Dónde están?

（二）剛剛、不久前（做完某事）

實戰演練：請「acabar de＋原型動詞」完成以下對話。

1. A: ¿Cuánto tiempo llevas viviendo en Taiwán?

　　你在台灣住多久了？

　　B: No mucho, acabo de llegar esta semana.

　　不久，我這禮拜剛到。

2. A: ¿Llevas mucho tiempo viviendo aquí?

　　你在這邊住很久了嗎？

　　B: Acabo de llegar hace 3 días. Estoy conociendo la ciudad.

　　我3天前剛到，還在認識環境。

3. A: Te he llamado muchas veces, pero no me has contestado.

　　我打給你好多次，可是你都沒接。

　　B: Perdón, es que acabo de salir del cine.

　　不好意思，是因為我剛剛從電影院出來。

（三）你可以……嗎？

實戰演練：請完成以下對話。

1. A: Disculpa, ¿me puedes decir el precio de este libro?

　　不好意思，可以請你跟我說這本書的價錢嗎？

　　B: Claro, ahora te digo. 18.50 euros.

　　當然，馬上告訴你。18.50歐元。

2. A: Perdón, ¿me puedes explicar otra vez con otras palabras? Es que no he entendido.

　　不好意思，你可以再用不同的字解釋一次嗎？因為我沒聽懂。

B: Claro, no hay problema.

當然，沒問題。

3. A: Perdón, ¿me puedes traer un vaso de agua, por favor?

不好意思，可以麻煩你拿杯水給我嗎？

B: Vale.

好的。

（四）這是因為……

實戰演練：請完成以下對話。

1. A: ¿No vamos en avión? ¡En tren tarda mucho!

我們不搭飛機去嗎？火車很久耶！

B: Yo lo sé. Es que no he encontrado billetes de avión con precio razonable.
Está todo muy caro ahora.

我知道，這是因為我沒找到價錢合理的機票，現在全部都好貴！

2. A: Ir en tren es más caro, ¿por qué no vamos en autobús?

搭火車很貴，為什麼不搭客運？

B: Es que el tren es casi 3 veces más rápido.

這是因為火車幾乎是3倍快（請自行填入解釋原因）

3. A: ¿Has terminado la tarea?

你功課做完了嗎？

B: Todavía no...Solo he hecho la mitad. Es que casi no entiendo nada.

還沒，我只做了一半，這是因為我幾乎都不懂。

（五）看起來／似乎

實戰演練：請完成以下對話。

1. A: Un billete para Valencia, por favor.

一張到Valencia的票，麻煩你。

B: ¿Para salir hoy?

今天出發嗎？

A: Sí, lo más pronto posible.

對，越快越好。

B: Parece que <u>tienes que esperar 2 horas</u>, es que en el que sale en 15 minutos ya no hay asiento.

看起來你得要等2個小時，15分鐘後出發的那班已經沒位子了。

2. A: Estoy pensando ir en abril o en diciembre.

我在想要四月去還是十二月去。

B: Vamos a ver, ¿te interesa más bailar o esquiar?

我們來看看，你對跳舞還是滑雪比較有興趣？

A: Bailar, ¿por qué la pregunta?

跳舞，為什麼這樣問？

B: Es que la Feria de Abril en Sevilla, es un festival para bailar. Y en diciembre puedes esquiar.

這是因為四月有Sevilla的春會，是跳舞的節慶。十二月會下雪，你就可以滑雪。

A: Entonces, parece que <u>es mejor ir en abril</u>.

這樣的話，看起來我四月去比較好。

（六）要花費……的時間

實戰演練：請用Google地圖找找看，以下地點的交通時間需要多久，並填入時間。

1. El viaje de Madrid a Barcelona tarda <u>1 hora y 20 minutos</u> en avión.

從馬德里坐飛機到巴賽隆納要1小時20分鐘。

2. El viaje de Barcelona a Valencia tarda <u>3 horas</u> en tren.

從巴賽隆納坐火車到瓦倫西亞要3小時。

3. El viaje de Granada a Sevilla tarda <u>2 horas y 50 minutos</u> en autobús.

從格拉納達坐客運到塞維亞要2小時50分鐘。

4. El viaje de Guatemala a Costa Rica <u>tarda 1 hora y media</u> en avión.

從瓜地馬拉坐飛機到哥斯大黎加要1個半小時。

5. El viaje de Argentina a Perú tarda <u>5 horas</u> en avión.

從阿根廷坐飛機到秘魯要5個小時。

實戰演練：請在對話中填入合適的tardar動詞變化。

1. Esposa: ¿Por qué no te gusta este restaurante?

   太太：你為什麼不喜歡這間餐廳？

   Esposo: Porque siempre tarda 30 minutos en preparar la comida.

   先生：因為總是要等30分鐘才會上菜。

2. Esposa: Manolo, estás tardando mucho en el baño.

   太太：Manolo，你在廁所很久耶！

   Esposo: Tú siempre tardas una hora en maquillarte y yo nunca te digo nada.

   先生：你每次化妝都要1小時，我從來都沒說過你什麼耶！

3. A: Después del examen DELE, ¿cuánto tiempo tarda en llegar el resultado?

   DELE考試（西班牙語檢定考試名稱）之後，多久才會得到成績？

   B: El resultado tarda 3 meses, el diploma tarda 6 meses.

   得到成績要3個月，證書要6個月。

4. A: He oído decir que esa película tarda tres horas y quince minutos.

   我聽說這部電影3小時15分鐘啊！

   B: Sí, es una película muy larga.

   對，是一部很長的電影。

5. A: ¿Cuánto tiempo has tardado en terminar la maratón?

   你多久跑完了馬拉松？

   B: He tardado cinco horas y veinticinco minutos.

   5個小時25分鐘。

（七）位置介系詞

1. La foto de la Sagrada Familia está encima de Alejandra.

   聖家堂的照片在Alejandra的旁邊。

2. Alejandra está a la izquierda del mapa.

   Alejandra在地圖的左邊。

3. Hay un reloj a la derecha de la chica de información turística.

   在旅遊中心工作的女生的右邊有一個時鐘。

4. Alejandra está enfrente de la mesa de información turística.

   Alejandra在旅遊中心桌子的對面。

5. Hay una mesa <u>entre</u> Alejandra y la chica de informacion turística.

在旅遊中心工作的女生和Alejandra中間有一張桌子。

6. Los cuadros están <u>arriba</u>.

畫在上面。

7. El reloj está <u>abajo</u> del cuadro de una chica que está bailando.

時鐘在跳舞女生的圖畫下面。

Comprando billete de tren para ir a Granada

第二課　買火車票去格拉納達

二、課文閱讀理解練習

1. ¿A dónde va Alejandra?

   Alejandra要去哪裡？

   Alejandra va a Granada.

   Alejandra要去格拉納達。

2. ¿A qué hora quiere salir Alejandra?

   Alejandra想要幾點出發？

   Quiere salir lo más pronto posible.

   她想要越早出發越好。

3. ¿Por qué la dependiente dice que Alejandra tiene que caminar rápido?

   為什麼售票員跟Alejandra說她要走快點？

   Porque su tren sale en 20 minutos.

   因為她的火車再20分鐘就要開了。

4. ¿Qué tipo de asiento quiere Alejandra?

   Alejandra想要哪一種座位？

   Quiere asiento al lado del pasillo, pero ya no hay asiento.

   她想要靠走道的位子，但是已經沒有位子了。

5. ¿Cómo quiere pagar Alejandra?

   Alejandra要怎麼付款？

   Quiere pagar con tarjeta de crédito.

   她想刷卡。

6. En tu ciudad, ¿cuánto tiempo más o menos tardas en llegar a la plataforma después de comprar el billete de tren?

   在你的城市，買好火車票之後走到月台，大概要多久時間？

   Tardo 5 minutos más o menos.

   差不多要5分鐘。

7. ¿Prefieres asiento al lado de la ventana o al lado del pasillo? ¿Por qué?

你比較偏好靠窗的位子還是靠走道的位子？為什麼？

Prefiero asiento al lado del pasillo, porque es más fácil para salir.

我比較偏好靠走道的位子，因為出來比較方便。

8. Normalmente, ¿pagas el billete de tren en efectivo o con tarjeta de crédito? ¿Por qué?

你買火車票通常是付現還是刷卡，為什麼？

Normalmente pago con tarjeta de crédito, porque puedo acumular puntos.

我通常是刷卡，因為可以集點。

9. Cuando viajas en tren, ¿compras billetes por internet o en la estación normalmente? ¿Por qué?

你搭火車旅行時，通常是在網路上還是在車站買票？為什麼？

Normalmente compro billetes por internet, porque no me gusta hacer fila en la estación.

我通常是在網路上買，因為我不喜歡在車站排隊。

10. Normalmente, ¿compras el billete de tren unos días antes de tu viaje o cuando llegas a la estación de tren? ¿Por qué?

你通常是在旅行前幾天先買好火車票還是當天到車站再買？為什麼？

Normalmente compro el billete de tren un día antes, porque a veces no hay asiento.

我通常是一天前先買，因為有時候會沒位子。

四、語法與句型

（一）肯定命令式

肯定命令式綜合練習

1. 連連看

(1)（F）在這裡停車，謝謝。　　　(2)（I）閉嘴。

(3)（A）小聲一點，謝謝。　　　(4)（J）請進、請進。

(5)（B）打掃你的房間。　　　(6)（E）起床。

(7)（C）寫作業。　　　(8)（H）過來一下。

(9)（G）選一個。　　　(10)（D）多喝水、休息。

2. 填填看

(1) A: ¿Todavía hay asientos en el tren que sale a las 5:30?

5:30出發的火車還有位子嗎？

B: No estoy seguro, déjame confirmar.

我不確定，讓我確認一下。

(2) A: ¿Acepta tarjeta de crédito?

接受刷卡嗎？

B: Sí, claro. Ponla aquí.

當然，把卡片（它）放在這裡。

(3) A: ¿Puedo subir por aquí?

我可以從這邊上去嗎？

B: Bueno, entra por este lado.

好，從這邊進來。

(4) A: Perdón, voy a llegar un poco tarde.

不好意思，我會晚一點到。

B: Ven rápido, la fiesta ya va a empezar.

快來，派對要開始了。

(5) A: Parece que los 2 son muy deliciosos, no sé qué pedir...

兩個看起來都很好吃，不知道要點哪個。

B: Elige cualquiera.

選哪個都可以。

(6) A: Estoy pensando en estudiar español en Guatemala por un mes este año.
Dicen que en la ciudad "Antigua" hay muchas escuelas de idiomas.
¿Qué piensas?

我在考慮今年去瓜地馬拉學一個月的西班牙語，很多人說安提瓜有很多語言
學校，你覺得如何？

B: Estoy de acuerdo, ve a Antigua, es una ciudad bonita y segura.

我同意，去安提瓜，這是一個很漂亮也很安全的城市。

(7) A: ¿Dónde te dejo tus billetes?

我（該）把你的車票放在哪裡？

B: Déjalos en mi escritorio.

把（它們）放在我的書桌上。

(8) A: No me acuerdo a qué hora es la reunión.

我不記得會議是幾點了。

B: No me acuerdo tampoco, confirma con Ángel.

我也不記得，跟Ángel確認一下。

(9) A: ¿Está bien así el contrato?

合約這樣可以嗎？

B: Sí, firmemos.

好，我們簽吧！

(10) A: ¿Necesitas algo más?

你還需要什麼嗎？

B: Dame medio kilo más de manzanas.

再給我半公斤的蘋果。

（二）越……越好

實戰演練：請用「lo más＋形容詞＋posible」完成以下對話。

1. Pon el tofu apestoso lo más lejos posible de los extranjeros.

把臭豆腐放得離外國人越遠越好。

2. Tira la pelota lo más fuerte posible.

把球丟得越用力越好。

3. Pega el póster lo más alto/ arriba posible.

盡可能把海報往上面貼。

4. Camina lo más rápido posible, ya vamos a llegar tarde.

盡可能走快一點，我們已經要遲到了。

（三）讓我……一下

實戰演練：請用「déjame＋一個原型動詞」，完成以下對話。

1. A: ¿Te quieres llevar esto?

要帶走（買）這個嗎？

B: Déjame considerar. Quiero ver otras cosas también.

讓我考慮一下，我還想看看別的東西。

2. A: Vamos a tomar algo después de la clase, ¿vienes?

我們下課後要去喝東西，要來嗎？

B: Déjame pensar. Quizás tengo que volver a la oficina después de la clase.

讓我想一下，我下課後可能得要回辦公室。

3. A: Hay rebajas en El Corte Inglés, ¿vamos?

英國宮百貨公司在打折，一起去吧？

B: Déjame descansar un rato. Acabo de volver a casa desde el gimnasio.

讓我休息一下，我剛從健身房回家。

4. A: ¿Quién conduce hoy?

今天誰開車？

B: Yo. Ya tengo licencia, yo puedo.

我，我有駕照了，我可以。

A: ¿Seguro?

確定嗎？

B: Déjame probar.

讓我試試看。

Comprando una tarjeta SIM para tener internet

第三課　買手機 SIM 卡來上網

二、課文閱讀理解練習

1. ¿En dónde está comprando Alejandra la tarjeta SIM?

   Alejandra在哪裡買SIM卡？

   Alejandra está comprando la tarjeta SIM en una tienda telefónica.

   Alejandra在一家電信用品店買SIM卡。

2. ¿Qué paquetes hay en la tienda telefónica?

   電信用品店裡有哪些方案？

   Hay paquetes de 1 semana, 2 semanas o un mes, con opciones de 5GB, 10GB o 20GB.

   有1週、2週或一個月的方案，可以選擇5GB、10GB或20GB。

3. ¿Qué paquete prefiere Alejandra?

   Alejandra比較偏好哪種方案？

   Alejandra prefiere paquete de 1 mes, con 10GB.

   Alejandra比較偏好1個月、10GB的方案。

4. ¿Para qué quiere Alejandra internet?

   Alejandra需要網路來做什麼？

   Alejandra quiere internet para enviar mensajes por WhatsApp, FB, consultar Google Maps y subir fotos.

   Alejandra需要網路來傳WhatsApp、臉書訊息、查Google地圖、上傳照片。

5. ¿Cómo paga Alejandra por su tarjeta SIM?

   Alejandra要怎麼為買SIM卡付費？

   Alejandra paga con tarjeta de crédito.

   Alejandra用信用卡付費。

6. ¿Cómo va Alejandra al siguiente destino? ¿Por qué?

   Alejandra要怎麼去下一個目的地？

   Alejandra va a la universidad en taxi, porque tiene muchas maletas.

   Alejandra搭計程車去大學，因為她行李很多。

7. Cuando viajas, ¿compras tarjeta SIM o buscas lugares con wifi gratis para tener internet?

你旅行的時候，會買SIM卡，還是去有免費網路的地方上網？

Cuando viajo, no compro tarjeta SIM. Voy a un lugar con wifi gratis cuando lo necesito, porque quiero desconectarme de mi trabajo totalmente y disfrutar más el viaje.

我旅行的時候，不買SIM卡。我需要網路的時候，再去有網路的地方。因為我想要徹底離開工作（放空），好好享受旅行。

8. En tu país, ¿cómo un turista puede comprar una tarjeta SIM?

在你的國家，一個觀光客要如何買到SIM卡呢？

Es fácil, la puede comprar en tiendas telefónicas y tiendas de conveniencia.

很簡單，可以在電信用品店和便利商店買到。

9. Cuando viajas, ¿compras tarjeta SIM en tu país o cuando llegas al país que viajas?

妳旅行的時候，你會先在自己的國家買好SIM卡，還是到旅行國家當地再買？

La compro cuando llego al país que viajo, a veces no la compro.

我到旅行國家當地再買，有時候甚至不買。

10. Cuando viajas, ¿puedes pasar unos días sin internet? ¿Por qué?

你旅行的時候，可以過幾天沒有網路的日子嗎？為什麼？

No puedo, porque quiero compartir fotos que tomo durante el viaje con mis amigos.

不行，因為我想要跟我朋友分享我旅行時拍的照片。

四、語法與句型

（一）反身動詞命令式

實戰演練：請完成以下對話，並反覆練習。

1. A: No sé si casarme con él... Es muy buena persona, pero no tiene mucho dinero...

我不知道要不要跟他結婚耶……他人很好，可是沒什麼錢……

B: Cásate con él. Estás muy feliz con él, ¿no?

跟他結婚了啦！你跟他在一起很快樂，不是嗎？

2. A: Cariño, ya estoy en casa.

親愛的，我到家囉！

B: Dios mío, báñate, estás todo mojado.

我的天呀！去洗澡吧！你都淋濕了！

3. A: Me voy a acostar, tengo mucho sueño.

我要去躺下（睡覺）囉！我好睏！

B: Vale, cepíllate primero.

好，先刷牙喔！

4. A: ¿Ya está la comida?

食物（餐）好了嗎？

B: Sí, lávate las manos y siéntate a comer.

好了，去洗手，然後來坐下吃飯！

5. A: ¿A qué hora vamos a la cena con tus compañeros de trabajo?

我們幾點要去跟你同事吃晚餐？

B: A las 7, ya casi tenemos que salir, maquíllate.

7點，差不多要出發了，去化妝吧！

6. A: ¿Vamos a pasear a los perros?

我們去遛狗嗎？

B: Sí, pero ponte abrigo. Está haciendo mucho frío.

好啊，可是你要穿外套，現在很冷！

7. A: ¡Levántate! Ya son las 9.

起床吧！已經9點了！

B: 10 minutos más.

再睡10分鐘！

（二）間接受詞

實戰演練：請填入受詞，完成以下對話。

1. A: ¿En qué puedo servirle?

有什麼我可以為您服務的嗎？

B: Solo estoy viendo. Le/ Te aviso cualquier cosa.

我只是看看，有什麼需要會通知您／你。

2. A: ¿Ya todos entendéis esta gramática? ¿Alguna pregunta?

大家都懂這個文法了嗎？有任何問題嗎？

B: No la he entendido. ¿La puede explicar con más ejemplos?

我還沒懂（它），我們可以用更多例子再練習（它）嗎？

3. A: ¿Me puedes traer un vaso de agua, por favor?

你可以帶（拿）一杯水給我嗎？麻煩你。

B: Vale, ahora le/ te traigo.

好，馬上拿（它）給您／你。

4. A: La próxima semana es el cumpleaños de mi novia, no sé qué regalo le puedo comprar.

下週是我女朋友生日，我不知道可以買什麼禮物給她。

B: Yo te recomiendo comprar un cupón de un centro comercial, es más fácil.

我建議你買百貨公司禮券，這樣比較簡單。

5. A: ¿Me puedes dar tu cuenta de WhatsApp?

可以給我你的WhatsApp帳號嗎？

B: Claro, mira, este es el código QR, escanéalo.

當然，你看，這是我的QR Code，（請）掃描（它）。

6. A: ¿Cómo se usa esta máquina?

這個機器怎麼用？

B: Es fácil, le/ te explico.

很簡單，我跟您／你說明一下。

7. A: ¿Has terminado la tarea?

你功課做完了嗎？

B: No, todavía no la he terminado. ¿Y tú?

還沒，我還沒做完（它），你呢？

A: Yo tampoco. ¿Cuándo tenemos que enviar la tarea al maestro?

我也還沒，什麼時候要把功課寄給老師？

B: Antes del viernes. Pero le voy a enviar la tarea el jueves, porque el viernes tengo reunión todo el día.

星期五之前，可是我星期四就會寄給他了，因為星期五我整天都有會議。

（三）可以／允許

實戰練習：請用「permitier」這個動詞完成以下對話。

1. A: ¿La empresa permite tomar fotos en la fábrica?

   這間公司允許在工廠內拍照嗎？

   B: No, la empresa no permite tomar fotos en la fábrica.

   不，這間公司不允許在工廠內拍照。

2. A: Hola. ¿El hotel permite entrar mascotas?

   你好，這間旅館允許帶寵物嗎？

   B: Sí, el hotel permite entrar mascotas. No hay problema.

   可以，可以帶寵物，沒問題。

3. A: ¿Permites a tus hijos viajar solos a otro país?

   你允許你孩子獨自到國外旅行嗎？

   B: Claro. Ya tienen más de 18 años.

   當然，他們已經滿18歲了。

4. A: ¿Permites a tus perros dormir en tu cama?

   你允許你的狗在你的床上睡覺嗎？

   B: No, en la cama no. Pero sí les permito dormir en el sofá.

   不行，不能上床睡，可是我允許他們在沙發上睡。

5. A: ¿Me permites el recibo?

   可以請你出示收據嗎？

   B: Vale, déjame buscar...Ya lo he encontrado, aquí está.

   好，讓我找一下……找到了，在這裡！

（四）我認為是的。

實戰演練：請完成以下對話。

1. A: ¿Tu marido/ mujer va a venir a la fiesta?

   你先生／太太會來派對嗎？

   B: Supongo que sí.

   我認為會的！

2. A: ¿Vas a continuar el próximo nivel?

   你下一期課程要繼續上嗎？

B: Supongo que sí, ¿el horario es igual?

應該會的，上課時間一樣嗎？

3. A: ¿Seguro que vas a estudiar en España el próximo año?

你確定明年會去西班牙念書嗎？

B: Supongo que sí, ya estoy buscando información de escuelas de idioma.

我想是的，我已經在找語言學校的資料了！

（五）由於

實戰演練：請用 Como 開頭，來回答以下問題。

1. A: ¿Por qué no compras una tarjeta SIM?

你為什麼不買一張SIM卡呢？

B: Como en muchos lugares hay internet gratis, no la necesito.

由於很多地方都有免費網路，我不需要啊！

2. A: Te recomiendo este paquete de 50 GB, ¿qué te parece?

我推薦你這個50GB的方案，你覺得如何？

B: Como uso muy poco internet, creo que el paquete de 10 GB ya es

suficiente.

由於我很少上網，我認為10GB的方案就很夠了。

3. A: Prefiero ir caminando, así podemos ver las tiendas en la calle.

我比較偏好走路耶，這樣我們可以看看街上的店。

B: Pero tenemos muchas maletas. Además, como ya son las 2 de la tarde,

mejor tomamos taxi, para poder llegar al museo temprano.

可是我們有很多行李，而且，由於已經下午2點了，我們還是搭計程車比較

好，這樣可以早一點到博物館。

4. A: ¿Por qué has decidido venir al sur de España? Muchos estudiantes

internacionales van a Madrid.

你為什麼決定來西班牙南部？很多國際學生都去馬德里。

B: Como me encantan las ciudades pequeñas y tranquilas, y quiero evitar

hablar chino e inglés, he decidido venir al sur.

由於我很喜歡小的、寧靜的城市，而且我想避免說中文和英語，因此決定到

南部來。

El primer encuentro con la familia anfitriona

第四課　跟寄宿家庭第一次見面

二、課文閱讀理解練習

1. ¿Qué miembros de familia hay en la familia anfitriona de Alejandra?

   Alejandra的寄宿家庭有哪些成員？

   <u>El padre José, la madre Ángela, y la hija Paula.</u>

   有轟爸José、轟媽Ángela、女兒Paula。

2. Con Alejandra, ¿cuántas estudiantes de español hay en la familia anfitriona?

   加上 Alejandra的話，她的寄宿家庭會有幾個學西班牙語的學生？

   <u>Con Alejandra, hay 2 estudiantes de español en la familia anfitriona.</u>

   加上 Alejandra的話，她的寄宿家庭會有2個學西班牙語的學生。

3. ¿Cuántas horas de vuelo ha hecho Alejandra?

   Alejandra搭了幾小時的飛機？

   <u>Alejandra ha hecho 21 horas de vuelo.</u>

   Alejandra搭了21時的飛機。

4. ¿Quién ha bajado por Alejandra?

   誰下樓接 Alejandra？

   <u>La hija (Paula) ha bajado por Alejandra.</u>

   女兒（Paula）下樓接Alejandra。

5. ¿A qué hora cena la familia anfitriona normalmente?

   這個寄宿家庭通常幾點吃晚飯？

   <u>La familia anfitriona cena a las 9 de la noche normalmente.</u>

   這個寄宿家庭通常晚上9點吃晚飯。

6. ¿Por qué Alejandra no ha querido comer algo primero?

   為什麼 Alejandra不想先吃點東西？

   <u>Porque lo que necesita es ducharse y dormir.</u>

   因為她需要的是洗澡、睡覺。

7. ¿Alejandra tiene que compartir la habitación y el baño con alguien?

   Alejandra必須跟任何人分享（同住）一間房間嗎？

Tiene su habitación privada, pero el baño sí es compartido.

她有自己的房間，可是廁所是共用的。

8. ¿De cuántas horas ha sido el viaje más largo que has hecho? ¿A dónde?

你飛過最長的旅程是幾小時？是去哪裡？

El viaje más largo que he hecho ha sido de 30 horas, de Taiwán a República Dominicana.

我飛過最長的旅程是30小時，從台灣到多明尼加。

9. ¿Qué es lo primero que quieres hacer después de un viaje largo?

你飛了一段長途旅程之後，第一件想做的事是什麼？

Lo primero que quiero hacer después de un viaje largo siempre es ducharme.

我飛了一段長途旅程之後，第一件想做的事是一定是洗澡。

10. ¿Crees que es una buena opción quedarse con una familia anfitriona? ¿Por qué?

你覺得跟寄宿家庭住是一個好選擇嗎？為什麼？

Creo que es una buena opción quedarse con una familia anfitriona porque hay oportunidad de observar cómo es la vida real de una familia local.

我覺得跟寄宿家庭住是一個好選擇，因為有機會可以觀察真正的當地家庭生活。

四、語法與句型

否定命令式常見的不規則動詞

實戰演練：請用命令式完成以下對話。

1. A: Ya llevas 5 horas trabajando, ¿no vas a cenar?

你已經工作5個小時了，不吃晚餐嗎？

B: No te preocupes, todavía no tengo hambre.

別擔心，我還不餓。

2. A: ¿Vas a llegar a la reunión del sábado?

你會來週六的聚會嗎？

B: Sí, claro.

當然。

A: Bien, pero no vengas con tu esposo, vamos a hablar cosas de chicas.

好，可是不要跟老公一起來喔，我們要聊女生的事。

3. A: ¡Pasa, pasa! ¡Bienvenido!

請進，請進，歡迎！

B: Gracias. ¡Tu casa es muy bonita! ¿Puedo poner mi mochila aquí?

謝謝，你家好漂亮！我可以把背包放這裡嗎？

A: No la pongas en el suelo. La puedes poner encima del sofá.

別放地上，你可以放在沙發上。

4. A: ¿Has ido al restaurante mexicano cerca de la oficina?

你去過辦公室附近的墨西哥餐廳嗎？

B: Sí, es bueno pero un poco caro. Además, los platos son grandísimos, no vayas solo, es mejor ir con 2-3 personas para compartir.

有，很好吃可是有點貴，而且餐都超大的，不要自己去，最好2-3人一起去分著吃。

5. A: Bueno, pues ya está. Me voy.

好，那就這樣囉！我先走。

B: ¡Espera! No te vayas, te quiero preguntar algo.

等一下，先別走，我有事要問你！

6. A: ¿Qué plan tienes para esta noche?

你今天晚上有什麼計畫？

B: Un amigo me ha invitado a cenar en su casa, cerca de la estación de tren.

一個朋友請我去他家吃晚餐，在火車站附近。

A: ¡Qué bueno! Pero mejor vete en taxi, no vayas en tu coche. Para encontrar un parqueo por allí es dificilísimo.

真好，可是最好搭計程車去喔！不要開車去。那附近車位超難找！

7. A: Oye, ¿Puedo pasar por tu casa esta noche? Voy a estar cerca por casualidad.

欸，我晚上可以去你家嗎？我會在附近。

B: No vengas hoy, tengo que preparar un reporte para mañana. No voy a tener tiempo.

今天別過來，我得準備一個明天的報告，沒時間。

A: Bueno, no hay problema, otro día entonces.

好，沒問題，那改天吧！

8. A: Recuerda que el sábado vamos al cine.

記得星期六我們要去電影院喔！

B: Sí, lo recuerdo. No olvides comprar las entradas con tu tarjeta, para ganar puntos.

我記得，別忘了用信用卡買電影票，可以賺點數。

A: Claro, yo las compro.

當然，我會買票的。

9. Doctor: Luis, no te pongas nervioso. Todo va a salir bien.

醫師：Luis，別緊張，一切都會很好的。

Paciente: Doctor, yo no me llamo Luis.

病人：醫師，我不叫Luis。

Doctor: Lo sé, yo soy Luis.

醫師：我知道，我才叫Luis。

10. A: Hola, ¿todavía tienes el coche?

嗨，車子還在嗎？

B: Sí, pero hoy viene una persona a verlo.

在，可是今天有人會來看車喔！

A: No lo vendas, yo quiero comprarlo.

別賣掉啊！我要買（它）！

（二）非常……／超級……

實戰演練：請用「形容詞＋ísimo, ísima」完成以下對話。

1. A: ¿Por qué siempre me traes a este restaurante?

你為什麼總是帶我來這間餐廳？

B: Porque la comida aquí es buenísima.

因為這邊的食物超好。

2. A: ¿Cómo ha sido tu clase de español de hoy?

你今天的西班牙語課怎麼樣？

B: Ha sido interesantísima.

超有趣。

3. A: ¿Qué tal tu examen?

你的考試怎麼樣？

B: ¡Facilísimo! Lo he terminado en 30 minutos.

很簡單，我30分鐘就寫完了。

4. A: ¿Te has mudado? ¿Dónde vives ahora?

你搬家了？現在住哪裡？

B: Mi casa está lejísimo ahora, tardo 50 minutos en llegar a la oficina.

我現在的家很遠，50分鐘才能到辦公室。

5. A: ¡Vamos al supermercado! Hay descuento hoy, las verduras están baratísimas.

我們去超市吧！今天有打折，青菜超便宜。

B: Buena idea. ¡Vamos!

好主意，走吧！

（三）所有格代名詞

實戰演練：請用所有格代名詞回答以下問題。

1. A: ¿De quién es este libro?

這本書是誰的？

B: Es mío.

是我的。

2. A: ¿De quién son estas toallas?

這些毛巾是誰的？

B: Son mías.

是我們的。

3. A: ¿Estas cosas son tuyas?

這些是你的東西嗎？

B: No, no son mías, son de mi compañero.

不是，不是我的，是我同事的。

4. A: ¿Esta llave es mía o tuya?

這鑰匙是你的還是我的？

B: Creo que es mía.

我覺得是我的。

5. A: ¿Esta habitación es de tus padres?

這是你爸媽的房間嗎？

B: Sí, es <u>suya</u>.

對，這是他們的。

Alquilando y compartiendo un piso con otras personas

第五課　跟別人合租房子

二、課文閱讀理解練習

1. ¿Cómo es la habitación que ofrecen en el piso para compartir?

   這個房子要分租的房間怎麼樣？

   Es grande y tiene mucha luz.

   很大，採光也很好。

2. ¿Cuántas personas comparten el piso?

   有幾個人分租這個房子？

   Tres personas comparten el piso.

   有3個人分租這個房子。

3. ¿El baño es privado o compartido?

   廁所是私人的還是共用的？

   El baño es compartido.

   廁所是共用的。

4. ¿Qué hay en la cocina?

   廚房有什麼？

   Hay un frigorífico, un microondas, y un horno pequeño.

   有冰箱、微波爐、一個小烤箱。

5. ¿Qué incluye el precio del alquiler?

   租金包括什麼？

   El alquiler incluye agua, gas, y electricidad.

   租金包括水、瓦斯、電。

6. ¿Por qué la persona que está buscando piso necesita cocinar?

   為什麼找房子的這個人需要煮飯呢？

   Porque es de Taiwán, y para ella comer fuera en Granada es muy caro.

   因為她是台灣人，對她來說在Granada外食很貴。

7. ¿La persona que está buscando piso ha decidido? ¿Por qué?

   找房子的這個人決定了嗎？為什麼？

No ha decidido, porque va a ver otro piso en la tarde todavía.

還沒決定，因為她下午還要去看另一間房子。

8. ¿Qué te parece el piso? ¿Lo vas a querer alquilar? ¿Por qué?

你覺得這個房子如何，你會想要租嗎？為什麼？

Me parece normal, prefiero alquilar un piso que tiene baño privado.

我覺得還好，我比較想要租一個有私人廁所的房子。

9. Normalmente, ¿cocinas en casa o comes fuera de casa? ¿Por qué?

你通常在家煮飯還是外食？為什麼？

Normalmente como fuera de casa, porque no tengo tiempo para cocinar.

我通常外食，因為我沒時間煮飯。

10. En tu casa, ¿tienes wifi o usas el internet de tu móvil?

你在你家有無線網路還是用手機的網路？

En mi casa, tengo wifi.

我在我家有無線網路。

四、語法與句型

（一）未來式

實戰演練：請試著用未來式回答以下問題。

1. ¿Qué vas a hacer este fin de semana?

你這個週末要做什麼？

Voy a limpiar mi casa este fin de semana.

我這個週末要打掃家裡。

2. ¿Vas a hacer la tarea la próxima semana?

你下個星期會做功課嗎？

Sí, claro. Voy a hacer la tarea la próxima semana.

當然，我下個星期會做功課。

3. Si encuentras un trabajo en España, ¿te vas a quedar allí?

如果你在西班牙找到工作，會留在那裡嗎？

Si es un buen trabajo, me voy a quedar por allí.

如果是好的工作，我會留在那裡。

4. Si trabajo en España, voy a alquilar un piso cerca de la oficina. ¿Y tú?

   如果我在西班牙工作，我會在辦公室附近租房子，你呢？

   Yo también voy a alquilar un piso cerca de la oficina, si no es muy caro.

   我也會在辦公室附近租房子，如果不貴的話。

5. ¿Cuándo vas a tomar el examen DELE A2?

   你什麼時候會去考DELE A2的考試？

   Creo que voy a tomar el examen DELE A2 este año.

   我覺得我今年會去考DELE A2的考試。

6. El próximo mes hay vacaciones de 1 semana, pero no tengo plan. Creo que

   voy a estar en casa. ¿Qué plan tienes tú?

   下個月有一星期的假，可是我沒有計畫，我覺得我都會在家裡，你有什麼計畫呢？

   Todavía no sé qué voy a hacer, quizás voy a invitar a unos amigos a mi casa

   para cenar juntos.

   我還不知道我要做什麼，可能會邀請朋友到家裡一起吃晚餐。

7. ¿Cuándo te vas a casar?

   你什麼時候要結婚？

   Todavía no sé cuándo voy a casarme. ¿Por qué la pregunta?

   我還不知道什麼時候要結婚，為什麼這樣問？

8. Después de cambiar de trabajo voy a comprar una casa. ¿Cuándo vas a

   comprar una casa?

   我換工作以後要買房子，你什麼時候要買房子？

   Voy a comprar una casa dentro de 2 años.

   我2年以後要買房子。

9. Voy a ser un(a) maestro(a) famoso en 10 años. ¿Qué vas a ser en 10 años?

   我10年以後要成為有名的老師，你10年以後要成為什麼？

   Voy a ser un jefe en 10 años.

   我10年以後要成為老闆。

10. ¿Qué le vas a decir si puedes hablar con la presidenta de Taiwán?

    如果你可以跟台灣的總統説話，你要跟他説什麼？

Le voy a decir que las casas en Taiwán están muy caras.

我要跟她說台灣的房子很貴。

（二）動詞現在完成式當形容詞用

實戰演練：把括弧中的動詞改為現在完成式，當作形容詞並填入句中。

1. Esa película es divertida. Me gusta mucho.

   這電影很有趣，我很喜歡。

2. No hay más producto, todo está vendido.

   沒貨了，都賣完了。

3. Hola, tengo reservada una habitación para este fin de semana.

   你好，我有預約這個週末的房間。

4. ¿El impuesto está incluido en el precio?

   這價錢有含稅嗎？

5. ¿Puedes ver si la ventana está cerrada?

   你可以看一下窗戶有沒有關嗎？

6. Pasa, la puerta está abierta.

   請進，門開著。

7. ¿Por qué las tareas todavía no están terminadas?

   為什麼功課還沒做完？

8. ¿Los platos están lavados?

   盤子洗好了嗎？

9. ¿Por qué la computadora está encendida? Yo no la he usado.

   為什麼電腦開著？我沒有用耶！

10. Cuando alquilo una habitación, tener un baño privado es muy importante,
    un baño compartido es muy inconveniente.

    我租房子的時候，有私人的廁所非常重要，共用廁所很不方便。

（三）非常……／超級……

實戰演練：請用「形容詞＋字尾ísimo/a」完成下列句子。

1. A: ¿Por qué no compras una casa en Taipei?

   為什麼你不在台北買房子呢？

   B: Porque las casas en Taipei están <u>carísimas</u>.

   因為台北的房子超貴啊！

2. Tienes que comer más, estás <u>delgadísimo</u>, eso no es bueno para tu salud.

   你要多吃一點，你太瘦了，對健康不好！

3. El Taipei 101 es un edificio <u>altísimo</u>.

   台北101是一個非常高的建築物。

4. Tener hijos es <u>carísimo</u>, hay que gastar en ropa, educación, y medicina.

   養孩子太貴了，衣服、教育、醫藥費都要花錢。

5. No me gusta ese libro, es <u>aburridísimo</u>. Cada vez que quiero leerlo, me duermo.

   我不喜歡這本書，超無聊的，每次看這本書都想睡覺。

6. A: ¿Me veo guapa con esta ropa?

   我穿這件衣服好看嗎？

   B: Guapa no, te ves <u>guapísima</u>. Me encanta.

   何止好看，是超好看的！我非常喜歡！

（四）可以嗎？

實戰演練：請試著回答以下問題。

1. En tu oficina, ¿se puede escuchar música?

   在你的辦公室，可以聽音樂嗎？

   <u>Sí, se puede escuchar música.</u>

   可以啊！可以聽音樂。

2. En las bibliotecas de Taiwán, ¿se puede dormir?

   在台灣的圖書館，可以睡覺嗎？

   <u>Sí, se puede dormir.</u>

   可以，可以睡覺。

3. En el tren de Taiwán, ¿se puede llevar mascota?

在台灣的火車，可以帶寵物嗎？

Sí, se puede llevar mascota, pero dentro de una jaula.

可以，可以帶寵物，可是要裝在籠子裡。

4. En el metro de Taiwán, ¿qué no se puede hacer?

在台灣的捷運，不可以做什麼？

No se puede beber ni comer.

不可以喝東西也不可以吃東西。

5. En tu clase de español, ¿se puede grabar videos de toda la clase?

在你的西班牙語課，可以把整堂課錄影起來嗎？

No, no se puede grabar videos de toda la clase.

不，不可以把整堂課錄影起來。

實戰演練：租房子時，用「se puede」來問房東3個住房規則的問題。

1. ¿Se puede cocinar?

可以做飯嗎？

2. ¿Se puede fumar?

可以抽煙嗎？

3. ¿Se puede tener mascotas?

可以養寵物嗎？

（五）這是因為……

實戰演練：請用「es que」完成對話。

1. A: ¡Has llegado 30 minutos tarde!

你遲到30分鐘了！

B: Perdón, es que una reunión ha terminado tarde.

不好意思，因為有一個會議結束晚了。

2. A: ¿No me puedes confirmar esta noche?

你不能今天晚上跟我確定嗎？

B: Es que quiero pensar un poco más y también hablar con mi novio. ¿Te puedo confirmar en 3 días?

因為我想再想一下，也想跟我男朋友討論，我可以3天內跟你確認嗎？

3. A: ¿Te puedo avisar en 2 días?

我可以2天內通知你嗎？

B: Es que a mucha gente le interesa este piso, mejor avísame lo más pronto posible.

因為很多人對這個房子有興趣喔，最好盡快通知我。

4. A: No has pagado el alquiler de este mes. ¿Cuándo me vas a pagar?

你這個月房租還沒付，你什麼時候要付？

B: Perdón, es que no he tenido tiempo para ir al banco, te voy a pagar esta semana.

不好意思，因為我一直沒時間去銀行，我這個星期會付。

5. A: ¿Otra vez no has hecho la tarea?

你又沒做作業了嗎？

B: Es que no he tenido tiempo esta semana. La voy a hacer esta noche.

因為這星期一直都沒空，我今天晚上會做。

Registrándose en la escuela

第六課 到學校報到

二、課文閱讀理解練習

1. ¿En qué tipo de curso se ha registrado Alejandra?

   Alejandra報名了什麼課？

   Alejandra se ha registrado en un curso intensivo.

   Alejandra報名了密集課。

2. ¿Ha pagado todo el curso por adelantado?

   她把整個課的費用都提前付清了嗎？

   No, solo ha pagado el 50% de depósito.

   沒有，她只有付了50%的訂金。

3. ¿En qué horario es el curso de Alejandra?

   Alejandra的課是什麼時段？

   El curso es en la mañana.

   課是早上的。

4. ¿Qué debe presentar Alejandra en la escuela de idiomas?

   Alejandra應該在語言學校出示什麼（證件）？

   Debe presentar su pasaporte.

   她應該出示護照。

5. ¿Cómo Alejandra ha encontrado esta escuela?

   Alejandra是怎麼找到這間學校的？

   La ha encontrado en internet.

   她是在網路上找到的。

6. ¿Por qué ha elegido esta escuela?

   她為什麼選了這間學校？

   Porque en la página web hay información muy completa y también hay

   muy buenos comentarios de estudiantes.

   因為在網站上有很完整的資訊，而且也有學生的好評價。

7. ¿Qué debe llevar Alejandra todos los días a clase?

Alejandra每天都應該帶什麼去上課？

Debe llevar su carné de estudiante todos los días a clase.

Alejandra每天都應該帶學生證去上課。

8. ¿Te gustaría tomar un curso intensivo de español en España por un mes? ¿Por qué?

你想要去西班牙讀一個月的密集課嗎？為什麼？

Sí, me gustaría, porque puedo mejorar mi español y conocer una cultura diferente.

我想要，這樣西班牙語可以進步，還可以認識不同的文化。

9. Si te gustaría, ¿cómo vas a buscar escuelas?

如果你想要，你會怎麼找學校呢？

Voy a buscar información en internet, también puedo preguntar a unas escuelas de español en Taiwán primero.

我會上網找學校，也可以先問問台灣的西班牙語學校。

10. Si te gustaría, ¿cómo vas a decidir a cuál escuela ir?

如果你想要，你要怎麼決定要去哪間學校呢？

Voy a pedir opinión a la gente que ha ido a estudiar en España y elegir una.

我會問去西班牙讀過書的人的意見，再選一個。

四、語法與句型

（一）我想要

實戰演練：請以「gustaría」回答以下問題。

1. ¿Qué te gustaría comer hoy?

你今天想要吃什麼？

Me gustaría comer una ensalada hoy.

我今天想要吃沙拉。

2. ¿Te gustaría aprender otro idioma?

你想要學另一個語言嗎？

Sí, me gustaría aprender portugués, porque es muy parecido al español.

對，我想要學葡萄牙語，因為跟西班牙語很像。

3. ¿Te gustaría estudiar en el extranjero por un mes?

你想要出國讀書一個月嗎？

Sí, claro. Me gustaría estudiar en Argentina, para aprender español y tango.

對，當然，我想要去阿根廷讀書，可以學西班牙語和探戈。

4. Si tienes un millón de dólares y un mes de vacaciones, ¿qué te gustaría hacer?

如果你有一百萬美金和一個月的假期，你想要做什麼？

Me gustaría invertir una parte, y viajar con la otra parte.

我想要一個部分拿來投資，另一個部分拿來旅行。

5. ¿Te gustaría saber lo que piensa tu pareja por un día? ¿Por qué?

你想要知道你另一半的一天是如何思考的嗎？為什麼？

No, no me gustaría, porque es imposible entenderlo.

不，我不想，因為完全不可能理解。

6. ¿Te gustaría ser invisible por un día? ¿Por qué?

你想要隱形一天嗎？為什麼？

Sí, me gustaría, porque así puedo ir a la casa de mi ídolo.

對，我想要，因為這樣我就可以去我偶像的家。

7. ¿Qué te gustaría recibir de regalo en Navidad?

你聖誕節想要收到什麼禮物？

Me gustaría recibir un billete de avión para ir a México.

我想要收到一張去墨西哥的機票。

8. ¿En qué ciudad te gustaría vivir? ¿Por qué?

你想要住在哪個城市？為什麼？

Me gustaría vivir en Valencia, porque hace muy buen clima y no es cara.

我想要住在瓦倫西亞，因為天氣很好，又不貴。

9. Si cambias de trabajo, ¿de qué te gustaría trabajar?

如果你換工作，你想要做什麼工作？

Me gustaría abrir una tienda en internet para vender productos de España en Taiwán.

我想要在網路上開店，把西班牙的東西賣到台灣。

10. ¿Te gustaría ser 10 años más joven? ¿Por qué?

你想要年輕10歲嗎？為什麼？

No, no me gustaría, porque me gusta mi vida ahora.

不，我不想要，因為我喜歡我現在的生活。

（二）你還缺少、你還剩下

實戰演練：請以動詞「faltar」完成以下對話。

1. A: ¿Cómo vas con la preparación del viaje?

你旅行準備得怎麼樣？

B: Ya casi todo está preparado, solo me falta cambiar el dinero.

都差不多準備好了，只差還沒換錢。

2. A: He oído decir que te has mudado. ¿Te falta algo en tu casa nueva?

我聽說你搬家了，新家有缺什麼東西嗎？

B: No, no me falta nada en mi casa nueva, lo que me falta es dinero ahora porque he gastado mucho en remodelación.

新家沒有缺什麼，有缺的是錢，因為裝潢花了好多錢。

3. A: ¿Te falta mucho para terminar la tarea?

你功課還差很多（沒寫完）嗎？

B: Sí, me falta mucho, es muy difícil.

對，還差很多，很難啊！

4. A: ¿Te falta mucho para salir?

你還要很久才可以出門嗎？

B: Solo me falta maquillarme.

我只差還沒化妝。

5. A: ¿Está bien así este formulario?

這表格這樣可以嗎？

B: Solo te falta el número de identificación.

只差身分證字號。

6. Esposa: ¿Nos falta algo?

我們還有缺什麼嗎？

Esposo: Sí, todavía nos falta leche. No tenemos en casa.

有，我們還缺牛奶，家裡沒了。

7. A: ¿No te gusta la comida?

你不喜歡這個食物嗎？

B: No mucho, es que le <u>falta</u> sal.

不太喜歡，因為沒加鹽（味道不夠重）。

（三）慢慢來

實戰演練：請完成以下對話。

1. A: Voy a llegar tarde a clase. Hay mucho tráfico.

我要遲到了，塞車！

B: No te preocupes, <u>toma tu tiempo</u>.

沒關係，慢慢來。

2. Esposa: Quiero ver ropa y bolsos, ¿me esperas?

我想看衣服和包包，你等我嗎？

Esposo: <u>Toma tu tiempo</u>. Yo voy a ver las herramientas y zapatos. Nos vemos en el primer piso en 1 hora.

你慢慢看，我去看工具和鞋子，我們1小時之後一樓見。

3. A: Voy a llegar a las cuatro.

我會四點到。

B: <u>Toma tu tiempo</u>, la película es a las cuatro y media.

慢慢來，電影四點半開始。

4. A: Paso por ti en quince minutos.

我十五分鐘之後去接你。

B: <u>Toma tu tiempo</u>, no estoy lista todavía.

慢慢來，我還沒準備好。

（四）任何的

實戰演練：請完成以下句子。

1. A: ¿De dónde son tus compañeros de trabajo?

你同事們是哪裡人？

B: <u>Algunos</u> compañeros son de Asia, y otros son de Europa.

有些是從亞洲來的，還有其他是從歐洲來的。

2. A: ¿Tienes algunos libros para preparar el examen DELE?

你有任何準備Dele考試的書嗎？

B: No, no tengo ningún libro para preparar el examen DELE.

沒有，我一本都沒有。

3. A: No sé si estudio la maestría primero o trabajo primero, ¿me puedes dar algunas sugerencias?

我不知道要先念碩士還是先工作，你可以給我一些建議嗎？

B: Ninguna opción es perfecta. Dime, ¿hay alguna maestría que realmente te interesa?

沒有任何一個選擇是完美的，告訴我，有任何你真的很有興趣的碩士科系嗎？

4. A: Has viajado en muchos países de Latinoamérica, ¿te gusta la comida latina?

你去很多拉丁美洲國家旅行過，你喜歡拉丁美洲食物嗎？

B: No todas. Algunas comidas son muy deliciosas, pero algunas comidas son demasiadas saladas.

不是全部都喜歡，有些很好吃，有些太鹹。

（五）常用命令句

實戰演練：請以命令式完成以下對話。

1. A: Disculpa, ¿me puedo sentar aquí?

不好意思，我可以坐這邊嗎？

B: Sí, siéntate.

好，請坐。

2. A: Hola. ¿Está Bárbara?

嗨，Bárbara在嗎？

B: Sí, espera un momento, ahora viene.

好，等一下，她馬上來。

3. A: Todavía no he entendido bien.

我還是不太懂。

B: No te preocupes/ no se preocupe, ahora te/ le explico.

別擔心，我現在跟你／您說明。

4. Maestro: Mañana hay examen. <u>Llegad/ Lleguen</u> temprano.

明天有考試，你們／您們早點到！

Estudiantes: ¿Qué tan temprano? ¿20 minutos antes?

多早？提早20分鐘嗎？

Maestro: Sí, está bien.

對，可以。

5. A: Perdón, no puedo ir a clase mañana.

不好意思，我明天不能去上課。

B: <u>No te preocupes/ no se preocupe</u>, le voy a avisar a tu/ su maestro.

別擔心，我通知你／您的老師。

6. A: <u>Dime</u> la verdad, ¿tienes otra novia?

跟我說實話，你有別的女朋友了嗎？

B: No <u>pienses</u> mucho, solo te quiero a ti.

不要想太多，我只愛你。

Haciendo el examen de nivel

第七課 做分班程度測驗

二、課文閱讀理解練習

1. ¿Cuánto tiempo tarda Alejandra en llegar a España desde Taiwán?

   從台灣到西班牙要多久？

   Tarda en llegar de 15 a 23 horas. / Tarda de 15 a 23 horas en llegar.

   要15到23小時。

2. ¿De qué trabaja Alejandra?

   Alejandra做什麼工作？

   Alejandra trabaja de vendedora en una empresa de tecnología.

   Alejandra是一間科技公司的業務。

3. ¿Cuándo Alejandra empezó a estudiar español?

   Alejandra是什麼時候開始學西班牙語的？

   Alejandra empezó a estudiar español hace 5 meses.

   Alejandra是5個月之前開始學西班牙語的。

4. ¿Cuántos compañeros tiene Alejandra en la clase de español en Taiwán?

   Alejandra在台灣的西班牙語課有幾個同學？

   Alejandra tiene 5 compañeros en la clase de español en Taiwán.

   Alejandra在台灣的西班牙語課有5個同學。

5. ¿Qué tienen todos los compañeros en común?

   她的同學們有什麼共同之處？

   A todos les gusta aprender algo nuevo y conocer diferentes culturas.

   大家都喜歡學新的東西、認識不同的文化。

6. ¿Por qué Alejandra decidió ir a España sola a estudiar español?

   為什麼Alejandra決定到西班牙學西班牙語？

   Porque piensa que es momento de hacer un cambio y buscar un nuevo trabajo.

   因為她覺得到了做個改變、找新工作的時候了。

7. ¿Dónde se está quedando Alejandra en España?

Alejandra在西班牙住在哪裡？

Se está quedando con una familia española cerca de la escuela.

她跟學校附近的一個西班牙家庭住在一起。

8. ¿Por qué puede Alejandra practicar mucho español en casa?

為什麼Alejandra在家可以練習很多西班牙語？

Porque puede practicar español con la familia anfitriona.

因為她可以跟她的寄宿家庭練習西班牙語。

9. ¿Cómo es el español de Alejandra? ¿Qué tiempos de verbos sabe usar?
¿Y tú?

Alejandra的西班牙語怎麼樣？她會用哪些時態的動詞？

El español de Alejandra es muy bueno. Sabe usar presente, futuro, pretérito
perfecto, imperativo y un poco de indefinido.

Alejandra的西班牙語很好，她會用現在式、未來式、現在完成式、命令式
還有一點點簡單過去式。

10. ¿Crees que la evaluación de nivel es muy difícil? ¿Por qué?

你覺得分班程度測驗難嗎？為什麼？

Creo que es fácil, porque solo tengo que presentarme.

我覺得很簡單，因為我只要自我介紹就好了

Creo que es difícil, porque no sé qué me van a preguntar.

我覺得很難，因為我不知道他們會問我什麼。

四、語法與句型

（一）簡單過去式

簡單過去式常見的不規則動詞

實戰演練：請試著回答以下問題。

1. ¿Hace cuánto tiempo empezaste a estudiar español?

你是什麼時候開始學西班牙語的？

Empecé a estudiar español hace 5 meses.

我是5個月之前開始學西班牙語的。

2. ¿Qué estudiaste en la universidad?

你在大學是學什麼的？

En la universidad estudié ingeniería.

我在大學學的是工程。

3. ¿En dónde naciste?

你在哪裡出生的？

Nací en Hsinchu.

我在新竹出生的。

4. ¿A dónde viajaste de vacaciones la última vez?

你上次放假去旅行是去哪裡？

La ultima vez viajé de vacaciones a Hong Kong.

我上次放假去旅行是去香港。

5. ¿Cuándo hiciste tu tarea?

你什麼時候做功課的？

Hice mi tarea anoche.

我昨天晚上做了功課。

6. ¿A dónde fuiste el fin de semana pasado?

你上個週末去了哪裡？

El fin de semana fui a la casa de mis padres.

我上個週末去了我父母的家。

7. ¿Dónde estuviste anoche?

你昨天晚上在哪裡？

Anoche estuve en un restaurante italiano con mis compañeros de piso.

我昨天晚上跟我室友去一間義大利餐廳。

8. ¿Qué dijo tu maestro/a de español la semana pasada?

你的西班牙語老師上週說了什麼？

La semana pasada mi maestro de español dijo que no tenemos tarea.

我的西班牙語老師上週說我們沒功課。

9. ¿Dónde pusiste tu libro de español ayer?

你昨天把你的西班牙語書放在哪裡了？

Puse mi libro de español encima de la mesa ayer.

我昨天把我的西班牙語書放在桌上了。

10. ¿Fuiste un buen estudiante antes?

你以前是個好學生嗎？

Sí, fui muy buen estudiante.

對，我以前是個非常好的學生。

（二）依照……而定、要看……

實戰演練：請完成以下對話。

1. A: ¿Cuánto tiempo tardas en llegar a la clase de español?

你到西班牙語課來要花多久時間？

B: Depende de si voy en coche o en moto. Si voy en coche, 15 minutos. Si voy en moto, 25 minutos más o menos.

要看我是開車還是騎車，開車的話15分鐘，騎車的話大約25分鐘。

2. A: ¿Vas a ir a la fiesta el viernes por la noche?

你會去週五晚上的派對嗎？

B: Depende de quién va también.

要看誰也會去。

3. A: ¿Quieres ir al cine conmigo esta noche?

你今天晚上要跟我去看電影嗎？

B: Depende de la película y la hora.

要看是什麼電影，還有電影時間。

4. A: ¿A qué hora sales del trabajo normalmente?

你通常幾點下班？

B: Depende de si tengo mucho trabajo, entre 6 y 9 de la noche.

要看我工作多不多，通常在6點到9點之間。

5. A: ¿Quieres trabajar en esa empresa?

你想在這間公司上班嗎？

B: Depende de cuánto es el salario.

要看薪水是多少。

（三）可以是／有可能是……

實戰演練：請完成以下對話。

1. A: ¿Cuántos años tiene esa chica?

   那個女生幾歲啊？

   B: Puede ser de 25 a 30 años.

   有可能是25到30歲。

2. A: ¿Cuándo es la próxima reunión?

   下次開會是什麼時候？

   B: No es seguro, puede ser de lunes a miércoles.

   不一定，可能是週一到週三之間。

3. A: ¿A dónde vamos de vacaciones?

   我們放假去哪裡玩？

   B: Tú decides, puede ser a Japón o Tailandia.

   你決定吧！可以是日本或泰國。

4. A: ¿Cuándo vienes a mi casa para ver esta película juntos?

   你什麼時候要來我家一起看這部電影？

   B: Pues no sé, puede ser esta o la próxima semana.

   我不知道耶，這週或下週都可以。

5. A: ¿Cuántos libros tienes?

   你有多少書啊？

   B: Muchos, puede ser de 100 a 150 libros.

   很多，可能有100到150本。

（四）……改變了我的人生

實戰演練：請完成以下句子。

1. Tener mascotas, me ha cambiado un poco la vida.

   養寵物改變了我的人生。

2. Estudiar español, me ha cambiado un poco la vida.

   學西班牙語改變了我的人生。

3. Viajar a otros países, me ha cambiado un poco la vida.

   去其他國家旅行改變了我的人生。

4. Conocer a <u>los padres de mi novia</u>, me ha cambiado un poco la vida.

認識我女朋友的父母改變了我的人生。

5. Comprar <u>una casa</u>, me ha cambiado un poco la vida.

買房子改變了我的人生。

（五）聽說

實戰演練：請完成以下對話。

1. A: ¿Sabes que hay muchas escuelas de idiomas en Antigua de Guatemala?

你知道在瓜地馬拉的安提瓜有很多語言學校嗎？

B: <u>He oído decir eso</u>, ¿por qué la pregunta?

有聽說，為什麼這樣問？

2. A: ¿Sabes que nuestra profesora quiere jubilarse?

你知道我們的教授想退休嗎？

B: ¿En serio? <u>No lo he oído decir</u>.

認真的嗎？我沒聽說耶！

3. A: <u>He oído decir</u> que tienes coche nuevo. Felicitaciones.

我聽說你買新車了，恭喜！

B: ¿Quién te lo ha dicho? No lo he comprado.

誰跟你說的，我沒買車啊！

4. A: ¿Sabes que ahora estoy haciendo un podcast?

你聽了我的播客了嗎？

B: <u>He oído decir que tienes un podcast</u>, pero todavía no lo he escuchado.

我聽說了，可是我還沒聽。

5. A: ¿La próxima semana hay examen?

下週有考試嗎？

B: <u>He oído decir</u>, pero no estoy seguro.

我有聽說，可是不確定。

（六）常用命令句

實戰演練：請將以下動詞改為適合的命令式，並完成對話。有些命令式
會需要加上受詞。

Hijo: Mamá, me voy. He quedado con alguien para ir al cine.

媽媽，我走囉！跟人約了去看電影。

Mamá: ¿Ah, sí? Siéntate un rato, te quiero preguntar algo.

是喔？你這邊坐一下，我有事要問你。

Hijo: Bueno, habla rápido por favor, ya voy tarde.

好吧！講快一點，我要遲到了。

Mamá: Cuéntame, ¿ya tienes novia?

告訴我，你有女朋友了是嗎？

Hijo: ¿Cómo te diste cuenta?

你怎麼發現的？

Mamá: Soy tu mamá, ya te conozco. Es una buena noticia, ¡preséntamela!

我是你媽媽，我太了解你了！這是好消息啊！介紹給我認識吧！

Hijo: Estamos empezando a salir, espera un poco.

我們剛開始約會而已，等一等吧！

二、課文閱讀理解練習

1. ¿Cómo se llama el profesor de Alejandra?

   Alejandra的老師叫什麼名字？

   El profesor de Alejandra se llama Diego.

   Alejandra的老師叫Diego。

2. ¿Qué van a hacer primero en la clase?

   他們在課堂上第一件要做的事是什麼？

   Primero van a conocerse mejor, después van a contestar una hoja de preguntas.

   他們要先互相認識一下，然後要回答一張問題清單上的問題。

3. ¿Qué deben hacer con la hoja de preguntas?

   他們拿那張問題清單要做什麼？

   Deben preguntar a sus compañeros de clase y escribir las respuestas.

   他們得要問同學這些問題然後寫下答案。

4. ¿Deben hacer las preguntas a una sola persona?

   他們只要問一個人這些問題就好嗎？

   No, deben preguntar a diferentes personas.

   不是，他們得要問不同人。

5. ¿El profesor va a participar en la actividad?

   老師也會參與（問答）活動嗎？

   Sí, el profesor va a participar en la actividad.

   對，老師也會參與（問答）活動。

6. ¿Qué van a hacer al terminar las preguntas?

   他們問完問題以後要做什麼？

   Van a decir una información de un compañero.

   他們要講出同學的資訊。

7. ¿Has hecho alguna actividad similar antes?

你有做過類似的活動嗎？

Sí, en mi clase de español. / No, nunca he hecho una actividad similar.

有，在我的西班牙語課上。／沒有，我沒做過類似的活動。

8. ¿Qué pregunta te parece más fácil? ¿Por qué?

你覺得哪個問題最簡單？為什麼？

La primera pregunta. Porque solo tengo que decir mi país y mi idioma.

第一個問題，因為我只要講我的國家和語言就好。

9. ¿Qué pregunta te parece más difícil? ¿Por qué?

你覺得哪個問題最難？為什麼？

"¿Qué hiciste ayer?", porque no recuerdo qué hice.

「你昨天做了什麼？」因 我不記得我做了什麼。

10. ¿Qué pregunta te gustaría agregar para conocer a nuevos compañeros?

你還會想要增加什麼問題來認識你的新同學？

Me gustaría agregar "¿Estás soltero / soltera?".

我想增加「你單身嗎？」

四、語法與句型

（一）現在式、現在進行式、未來式、簡單過去式、現在完成式的比較

現在式：用來講「事實」、「平時的習慣」

1. ¿De qué país eres?

你是哪國人？

2. ¿Cuál es tu idioma materno?

你的母語是什麼？

3. ¿A qué te dedicas en tu país?

你在你的國家從事什麼工作？

4. ¿Por qué quieres estudiar español?

你為什麼想要學西班牙語？

5. ¿Qué te gusta hacer cuando tienes tiempo libre?

你有空的時候喜歡做什麼？

6. ¿<u>Eres</u> vegetariano?

   你是素食者嗎？

7. ¿Cuántos idiomas <u>hablas</u>?

   你會說幾種語言？

現在進行式：用來講「現在持續的事」或「一直在進行中的事」

8. ¿Cuánto tiempo llevas <u>estudiando</u> español?

   你學西班牙語多久了？

9. ¿Cuánto tiempo llevas <u>trabajando</u> en la misma empresa?

   你在同一間公司工作多久了？

10. ¿Cuánto tiempo llevas <u>viviendo</u> en esta ciudad?

   你在這個城市住多久了？

未來式：用來講「以後的事」

11. ¿Cuánto tiempo <u>vas a estar</u> en Granada?

   你會在Granada多久？

12. ¿<u>Vas a viajar</u> en otros países de Europa?

   你會到歐洲其他國家去旅行嗎？

13. ¿<u>Vas a inscribirte</u> en el curso del próximo nivel?

   你會報名下一期課程嗎？

14. ¿<u>Vas a querer quedarte</u> en España después de terminar el curso?

   課程結束後，你會想留在西班牙找工作嗎？

簡單過去式：用來講「以前的動作」

15. ¿Qué <u>estudiaste</u> en la universidad?

   你在大學是學什麼的？

16. ¿Cuál <u>fue</u> la primera canción en español que <u>escuchaste</u>?

   你聽的第一首西語歌是什麼？

17. ¿Qué <u>hiciste</u> ayer?

   你昨天做了什麼？

18. ¿Por qué <u>escogiste</u> esta escuela?

   你為什麼選這個學校？

19. ¿Cuándo llegaste a Granada?

你什麼時候到格拉納達的？

20. ¿Por qué decidiste venir a estudiar a Granada?

你為什麼決定到格拉納達念書？

21. ¿Cómo encontraste a tu familia anfitriona?

你怎麼找到你的寄宿家庭的？

22. ¿Cómo viniste a Granada desde Madrid?

你怎麼從馬德里來格拉納達的？

現在完成式：用來講「從過去到現在完成的事」或「經驗」

23. ¿Qué has hecho después de venir a Granada?

你來了格拉納達之後做了什麼？

24. Antes de venir aquí, ¿a qué otros países has viajado?

來西班牙以前，你去哪些其他國家旅行過？

25. ¿Has tenido novio/novia latino/a?

你交過拉丁美洲男／女朋友嗎？

26. ¿Has visitado La Alhambra?

你參觀過阿爾罕布拉宮了嗎？

27. ¿Qué tapas has probado?

你試過什麼tapas？

（二）常用命令句

實戰演練：下面是一些在課堂上常見的指令語，請填入適當的動詞變化，
注意有的是反身動詞，有的需要加受詞。

1. Sacad / Saquen los libros.

你們／您們把書拿出來。

2. Abrid / Abran los libros.

你們／您們把書打開。

3. Leamos juntos.

我們一起唸。

4. Mirad / Miren aquí.

你們／您們看這裡。

5. Paraos / Párense, por favor.

你們／您們請站起來。

6. Practicad / Practiquen con un compañero / una compañera.

你們／您們找一個同學練習。

7. Copiad / Copien esto.

你們／您們把這個抄下來。

8. Sentaos / Siéntense.

你們／您們請坐。

9. Recordaos / Recuérdense.

你們／您們要記得。

10. Dadme / Denme la tarea.

你們／您們把作業（交）給我。

（三）疑問詞整理

¿Qué? 什麼？

1. ¿Qué deporte te gusta?

你喜歡什麼運動？

2. ¿Qué haces en tu tiempo libre?

你有空的時候做什麼？

¿Quién? 誰？

1. ¿Quién es tu cantante favorito?

你最喜歡的歌手是誰？

2. ¿Quién ha viajado a España?

誰去西班牙旅行過？

¿De qué? 什麼……的？

1. ¿De qué color es tu móvil?

你的手機是什麼顏色的？

2. ¿De qué año es tu coche?

你的車是哪一年的？

¿De quién? 誰的？

1. ¿De quién es la canción "Bailando"?

〈Bailando〉這首歌是誰的？

2. ¿De quién estás hablando?

你在講誰？

¿A qué? 對／向什麼？

1. ¿A qué escuela de español vas?

你去什麼西班牙語學校？

2. ¿A qué equipo de fútbol apoyas?

你支持哪個足球隊？

¿A quién? 對／向誰？

1. ¿A quién no le gusta el chocolate?

誰不喜歡巧克力？

2. ¿A quién puedes llamar en caso de emergencia?

危急時刻你可以打給誰？

¿Por qué? 為什麼？

1. ¿Por qué los taiwaneses no se bañan en la mañana?

為什麼台灣人早上不洗澡？

2. ¿Por qué los latinos no se bañan en la noche?

為什麼拉丁人晚上不洗澡？

¿Con quién? 跟誰？

1. ¿Con quién viajas al extranjero normalmente?

你出國通常是跟誰？

2. ¿Con quién hablas cuando tienes un problema?

你有問題的時候跟誰説？

¿Cuánto? 多少？（陽性／單數）

1. ¿Cuánto tardas en maquillarte?
   你化妝要多久？

2. ¿Cuánto es el salario mínimo en tu país?
   你國家的最低薪資是多少？

¿Cuánta? 多少？（陰性／單數）

1. ¿Cuánta hambre tienes?
   你多餓？

2. ¿Cuánta batería tiene tu teléfono?
   你的手機有多少電？

¿Cuántos? 多少？（陽性／複數）

1. ¿Cuántos trabajos has tenido?
   你做過幾份工作？

2. ¿Cuántos minutos haces ejercicio por día?
   你一天做幾分鐘運動？

¿Cuántas? 幾？（陰性／複數）

1. ¿Cuántas horas duermes al día?
   你一天睡幾個小時？

2. ¿Cuántas horas a la semana practicas español?
   你一個星期練習西班牙語幾次？

¿Cómo? 如何／怎麼樣？

1. ¿Cómo se dice "¡Bienvenido!" en chino?
   「Bienvenido」的中文怎麼說？

2. ¿Cómo buscas información de escuelas de español?
   怎麼找西語學校的資訊？

¿Cuál? 哪一個？

1. ¿Cuál fue la primera canción en español que escuchaste?
   你聽的第一首西班牙語歌是哪一首歌？

2. En España hay muchas ciudades interesantes, ¿cuál me recomiendas?
   西班牙有很多有趣的城市，你推薦我哪一個？

Lección 9

Yendo de tapas con los compañeros después de la clase

第九課　下課後跟同學一起去吃 tapas

二、課文閱讀理解練習

1. ¿De qué lugar famoso habló el profesor de español?

西班牙語老師説了什麼有名的地方？

Habló de un bar famoso.

他説了一個有名的酒吧。

2. ¿En dónde está ese lugar?

這個地方在哪裡？

Está cerca de la Plaza Nueva.

在Nueva廣場附近。

3. ¿A qué hora quedaron los estudiantes? ¿Por qué?

學生們約了幾點見？為什麼？

Quedaron a las 9 de la noche. Porque quieren ir a cenar.

他們約了晚上9點見，因為他們想去吃晚餐。

4. ¿Cómo se van a comunicar los estudiantes?

學生們怎麼互相聯絡？

Se van a comunicar por WhatsApp.

他們用WhatsApp互相聯絡。

5. ¿Cómo te comunicas con tus amigos normalmente?

你通常怎麼跟你的朋友聯絡？

Normalmente me comunico con mis amigos por LINE.

我通常跟我的朋友用LINE聯絡。

6. ¿A qué hora es la cena normalmente en España? ¿Y en tu país?

在西班牙，通常是幾點吃晚餐？在你的國家呢？

La cena en España es a las 9 de la noche.

在西班牙的晚餐是晚上9點。

En mi país la cena es normalmente a las 7 de la noche.

在我的國家，通常是晚上7點吃晚餐。

7. ¿Qué bebidas ordenaron los estudiantes?

學生們點了什麼飲料？

Ordenaron una sangría, una clara y un mojito.

他們點了一杯西班牙水果酒、一杯啤酒加汽水、和一杯莫希托酒。

8. ¿Por qué Alejandra quiere comer gambas al ajillo?

為什麼Alejandra想要吃大蒜鮮蝦？

Porque su maestra de español en Taiwán les mostró la foto un día en clase, desde entonces ha querido probar.

因為她在台灣的西班牙語老師，有一天上課的時候有給他們看照片，從那時候開始她就好想試試。

9. ¿Qué comida española te gustaría probar?

你想嘗試什麼西班牙菜？

Me gustaría probar / comer gambas al ajillo.

我想嘗試／吃大蒜鮮蝦。

10. ¿En qué idioma los estudiantes vieron la carta? ¿Por qué?

學生們看什麼語言的菜單？為什麼？

Vieron la carta en español. Porque quieren practicar.

他們看西班牙語的菜單，因為他們想要練習。

四、語法與句型

（一）為什麼不／何不

實戰演練：請把以下的句子填入適當的對話中。

1. A: El verano ha llegado y he comprado mi traje de baño.

夏天到了，我買了泳裝。

B: ¿Por qué no vamos a la playa?

我們為什麼不去海邊呢？

2. A: Tengo deseos de comer comida española.

我想吃西班牙菜耶！

B: ¿Por qué no comemos pella?

我們為什麼不吃西班牙海鮮飯？

3. A: ¿A dónde quieres ir el fin de semana?

你週末想去哪裡？

B: Estoy muy cansado. ¿Por qué no quedamos en casa?

我很累，我們為什麼不留在家？

4. A: Los libros en la librería están muy caros, ¿los compramos?

書店的書都賣好貴，要買嗎？

B: En internet están más baratos. ¿Por qué no los compramos por internet?

網路上比較便宜，我們為什麼不在網路上買書？

5. A: Ya llevo 30 minutos hablando contigo y no dices nada. ¿Tienes algo que decir?

我已經跟你說了30分鐘了，你什麼都不說，你有什麼想說的嗎？

B: Sí. ¿Por qué no te callas?

有，你為什麼不閉嘴？

（二）約在……

實戰演練：請用「quedar」這個動詞完成以下對話。

1. A: ¿A qué hora quedamos para ir al cine?

我們看電影要約幾點見？

B: Quedamos a las 5 de la tarde.

我們約下午5點。

2. A: ¿Dónde quedamos para ir a Barcelona?

我們去巴賽隆納要約在哪裡見？

B: Quedamos en la estación de tren de Madrid.

我們約在馬德里火車站見。

3. A: ¿A qué hora quedamos el sábado?

我們星期六要約幾點見？

B: Quedamos a las 10 de la mañana.

我們約早上10點。

4. A: ¿Dónde quedamos para hacer la tarea?

我們要約在哪裡做功課？

B: Quedamos en mi casa a las 10 de la mañana.

我們約我家，早上10點。

5. A: ¿Dónde quedamos para celebrar el fin de curso?

我們期末慶祝聚會要約在哪裡？

B: Quedamos en la discoteca "La rumba" a las 10 de la noche.

我們約晚上10點，在La rumba這間夜店。

（三）記得

實戰演練：請用「acordarse de que＋一個完整的句子」完成對話。

1. Esposa: ¿Te acuerdas de que hoy vamos a cenar con mi familia?

老婆：你記得我們今天要跟我家人吃晚餐嗎？

Esposo: ¿En serio?

老公：你認真的嗎？

2. Esposa: ¿Te acuerdas de que el viernes es nuestro aniversario?

老婆：你記得星期五是我們的結婚紀念日嗎？

Esposo: Claro que me acuerdo. (Gracias a Facebook)

老公：當然記得（感謝臉書）

3. Esposa: ¿Te acuerdas de que prometiste sacar la basura todos los días?

老婆：你記得你答應過我要每天倒垃圾嗎？

Esposo: ¿Yo? Creí que tú lo prometiste.

老公：我？我覺得是你答應我的！

4. Esposo: ¿Te acuerdas de que hoy empieza la liga española?

老公：你記得西班牙足球聯盟的比賽今天開始嗎？

Esposa: No. ¿Por qué es importante?

老婆：不記得，為什麼這件事很重要？

5. Esposo: ¿Te acuerdas de que hoy viene mi madre?

老公：你記得我媽媽今天要來嗎？

Esposa: No, no me dijiste nada.

老婆：不記得，你什麼都沒跟我說！

（四）從……起

實戰演練：請用「a partir de」完成對話。

1. A: ¿Cuándo empieza el curso?

新的課什麼時候開始？

B: El curso empieza a partir del miércoles.

新的課從星期三開始。

2. Esposa: Este vestido no me queda. A partir de mañana voy a hacer dieta.

老婆：這件洋裝我穿不下了，我明天就開始減肥！

Esposo: Eso mismo dijiste el año pasado.

老公：你去年也是這樣説。

3. Estudiante: A partir de mañana voy a estudiar y hacer todas las tareas.

學生：明天開始我要每天都讀書、做功課。

Maestro: Muy bien, pero el examen es hoy.

老師：很好，可是考試是今天耶！

4. Amigo: A partir de mañana no voy a beber más alcohol.

朋友：明天開始我不喝酒了！

Yo: ¿Por qué desde mañana?

我：為什麼是明天？

Amigo: Porque hoy hemos quedado de ir al bar.

朋友：因為今天我們約好了要去一個酒吧！

5. Esposo: Escucha. A partir de la próxima semana voy al gimnasio todos los días.

老公：你聽，下星期開始，我每天都要去健身房。

Esposa: Me gustaría creerte.

老婆：我很想要相信你（其實我不信）。

（五）習慣……

實戰演練：請用「estar acostumbrado/a」來完成對話。

1. Esposo: ¿Te gusta cómo canto?

老公：你喜歡我的歌聲嗎？

Esposa: No, pero ya estoy acostumbrada al ruido.

老婆：不喜歡，可是我已經習慣這樣的噪音了。

2. Esposa: Estás tomando café sin azúcar. ¿Ya estás acostumbrado a tomar café sin azúcar?

老婆：你在喝無糖咖啡！你習慣喝無糖咖啡了喔？

Esposo: No, no estoy acostumbrado. Es que ya no tenemos azúcar.

老公：不，我沒習慣，這是因為我們已經沒有糖了。

3. Amigo 1: ¿<u>Estás acostumbrado a</u> cocinar todos los días?

朋友1：你習慣每天做飯了嗎？

Amigo 2: No, pero no me gusta la comida de aquí.

朋友2：沒有，可是我不喜歡這裡的食物。

4. Maestro: ¿Por qué vienes todos los días en bicicleta?

老師：你為什麼每天騎腳踏車來上課？

Estudiante: Porque <u>estoy acostumbrado a hacer</u> ejercicio.

學生：因為我習慣要做運動了。

5. Amigo: ¿A qué no <u>estás acostumbrado</u> en Taiwán?

朋友：你不適應台灣的有什麼事？

Yo: <u>No estoy acostumbrado</u> al calor en verano.

我：我不適應夏天的炎熱。

（六）你們要的那個東西、那件事

實戰演練：請用「lo que」完成以下對話。

1. Compañera 1: En la reunión, la jefa ha dicho que vamos a mudarnos de la oficina, ¿no?

同事1：開會的時候，老闆説我們要搬辦公室了，是嗎？

Compañera 2: No, <u>lo que ha dicho</u> es que vamos a remodelar la oficina, así que vamos a tener que trabajar 5 días en casa.

同事2：不是啦！她説的是我們要裝潢辦公室，所以要我們5天在家工作。

2. Compañero: ¿Sabes cómo hacer la tarea?

同學：你知道功課怎麼做嗎？

Yo: Sí, no es tan difícil, <u>lo que no tengo</u> es tiempo.

我：我知道啊，沒那麼難，我沒有的是時間。

3. Amigo: ¿Qué quieres hacer en verano?

朋友：你夏天要做什麼？

Yo: Pues no sé, ya llevo un año sin vacaciones, <u>lo que necesito es</u> tener vacaciones.

我：不知道耶，我已經一年沒放假了，我需要的就只是放個假。

4. Novio: ¿Qué puedo hacer por ti? ¿Qué quieres?

男朋友：我可以為你做點什麼？你需要什麼？

Novia: <u>Nada, lo que quiero es</u> estar sola.

女朋友：沒什麼，我需要的是獨處。

5. Esposo: ¿Qué puedo hacer para ayudarte?

先生：我可以做些什麼來幫你？

Esposa: <u>Lo que puedes ayudarme</u> es hacer la cena.

太太：你可以幫我的是做一下晚餐。

Lección 10 Participando en una actividad cultural con los compañeros

第十課 跟同學計畫一起參與當地藝文活動

二、課文閱讀理解練習

1. ¿A dónde van a ir los estudiantes?

   學生們要去哪裡？

   Van a ir a Madrid.

   他們要去馬德里。

2. ¿Qué les recomendó hacer el profesor en Madrid?

   老師建議他們去馬德里做什麼？

   Les recomendó ir a ver por lo menos un teatro.

   老師建議他們至少看一場舞台劇。

3. ¿Dónde se puede encontrar información de teatros en tu ciudad?

   在你的城市，哪裡可以找到舞台劇的資訊？

   La información de teatros en mi ciudad se encuentra en internet.

   在我的城市，舞台劇的資訊可以在網路上找到。

4. ¿En qué ciudades de tu país hay más actividades culturales?

   在你的國家，哪個城市有比較多文化活動？

   En mi país hay más actividades culturales en la capital.

   在我的國家，在首都有比較多文化活動。

5. ¿Has visto una obra de teatro? ¿Cuál?

   你有看過舞台劇演出嗎？哪個？

   Sí, he visto Romeo y Julieta.

   有，我看過羅密歐與茱麗葉。

6. ¿Te gusta ir al teatro? ¿Por qué?

   你喜歡去戲劇院嗎？為什麼？

   Sí, me gusta. Me gusta ver a los actores en vivo.

   我喜歡，我喜歡看演員現場表演。

7. ¿Cómo pueden comprar entradas los estudiantes?

   學生們可以怎麼買票？

Los estudiantes pueden comprar las entradas por internet con tarjeta de crédito.

學生們可以在網路上用信用卡買票。

8. ¿Te gustaría ver una obra de teatro en español? ¿Por qué?

你會想要看一場西班牙語的舞台劇嗎？為什麼？

Sí, me gustaría. Para conocer algo diferente y practicar escuchar español.

我會想，認識一點不一樣的事物，也練習聽西班牙語。

9. ¿Cómo van a decidir los estudiantes qué obra de teatro ver?

學生們要怎麼決定要看哪一齣劇？

Los estudiantes van a leer más comentarios en internet.

學生們要看一下網路上的評論。

10. Normalmente, ¿cómo compras entradas para actividades culturales? ¿Por qué?

你平常參加文化活動，都是怎麼買票？為什麼？

Normalmente compro entradas por internet. Porque es más conveniente.

我通常都是在網路上買票，因為比較方便。

四、語法與句型

（一）一大堆

實戰演練：請用「un montón de」完成以下對話。

1. A: He oído decir que en Hsinchu hay muchos ingenieros, ¿es verdad?

我聽説新竹有很多工程師，是真的嗎？

B: No muchos, sino un montón de ingenieros.

不是很多，是一大堆工程師！

2. A: ¿Cómo es el tráfico en Taiwán?

台灣的交通怎麼樣？

B: Como Taiwán es una isla pequeña, no hay suficiente espacio para coches, hay un montón de motos.

由於台灣是個小島，沒有足夠的空間給汽車，有非常多的機車。

3. A: ¿Es cierto que en Taiwán hay muchas tiendas de conveniencia?

台灣真的有一大堆便利商店嗎？

B: Sí, en Taiwán hay un montón de tiendas de conveniencia, casi en cada esquina hay una.

對啊，台灣有一大堆便利商店，幾乎每個轉角都有一間。

4. A: ¿Estás libre el fin de semana?

你這個週末有空嗎？

B: No, lo siento. Este fin de semana tengo un montón de trabajo.

沒有，抱歉，這個週末我一大堆工作。

5. A: ¿Cuál es tu meta dentro de 3 años?

你3年後的目標是什麼？

B: Pues no sé, por lo menos quiero ganar un montón de dinero.

我也不知道，至少要賺到一大堆錢。

（二）至少

實戰演練：請用「por lo menos」完成以下對話。

1. Maestro: Mañana hay examen.

老師：明天有考試！

Estudiante: No he estudiado nada. Tengo que leer el libro por lo menos una vez.

學生：我什麼都還沒讀，我至少要把書看過一遍。

2. Paciente: Doctor, ¿qué me recomienda?

病人：醫師，您建議我怎麼做？

Doctor: Debe bajar de peso por lo menos 10 kilos.

醫師：你至少要減10公斤。

3. Esposa: No me gusta ir a la casa de tus amigos.

老婆：我不喜歡去你朋友的家。

Esposo: Vamos juntos por lo menos una vez al año.

老公：我們至少一年去一次就好。

4. Esposo: No quiero tomar clases de yoga.

老公：我不想上瑜伽課。

Esposa: Vamos juntos por lo menos una vez. Si no te gusta no pasa nada.

老婆：我們至少去一次，你不喜歡的話就算了。

5. Madre: ¿Tienes mucha tarea?

媽媽：你有很多功課嗎？

Hijo: Tengo que escribir <u>ensayo de por lo menos 5</u> páginas.

兒子：我得寫一篇至少5頁的文章。

（三）既然

實戰演練：請用「ya que」完成以下對話。

1. Hijo: Tengo mucha hambre.

兒子：我很餓。

Madre: <u>Ya que tienes hambre</u>, come este pastel.

媽媽：既然你餓了，吃這個蛋糕吧！

2. Esposo: He terminado de lavar los platos.

老公：我把盤子洗完了。

Esposa: <u>Ya que has terminado</u>, tira la basura.

老婆：既然你做完了，倒垃圾吧！

3. Esposo: Este sábado mi madre viene a casa.

老公：我媽媽這星期六要來。

Esposa: <u>Ya que viene tu madre</u>, voy a casa de mi hermana.

老婆：既然你媽媽要來，我去我姐妹家！

4. Amigo: Son las doce del mediodía.

朋友：中午12點了！

Yo: <u>Ya que son las doce</u>, vamos a almorzar.

我：既然12點了，我們來吃午飯吧！

5. Amiga: A mí me gusta cocinar.

朋友：我很喜歡做飯。

Yo: <u>Ya que te gusta cocinar</u>, ven a mi casa el domingo. Viene mi familia de visita.

我：既然你喜歡做飯，星期天來我家吧！我家人剛好來拜訪！

（四）不是……而是……

實戰演練：請用「no...sino...」完成以下對話。

1. Amiga: ¿Es guapo tu nuevo compañero de trabajo?

   朋友：你的新同事帥嗎？

   Yo: No es guapo, sino interesante.

   我：他不是帥，而是很有趣。

2. Esposa: ¿Te parece triste esta película?

   老婆：你覺得這部電影很讓人難過嗎？

   Esposo: No es triste, sino aburrida.

   老公：不是讓人難過，而是很無聊。

3. Maestro: ¿Estás jugando el móvil?

   老師：你在玩手機嗎？

   Estudiante: No lo estoy jugando, sino estoy buscando información.

   學生：我不是在玩，而是在找資料。

4. Novia: ¿Viste una obra de teatro cuando fuiste a Madrid?

   女朋友：你去馬德里的時候有看舞台劇表演嗎？

   Novio: No vi una obra de teatro cuando fui a Madrid, sino fui a un concierto.

   男朋友：我去馬德里的時候不是看舞台劇表演，而是看演唱會。

5. Amiga: ¿Vas al gimnasio a hacer ejercicio?

   朋友：你去健身房運動嗎？

   Yo: No voy a hacer ejercicio, sino para ver chicos guapos.

   我：我不是去運動，而是去看帥哥啦！

（五）值得

實戰演練：請用「vale la pena」完成以下對話。

1. Esposa: Es tan cansado correr una maratón, ¿de verdad vale la pena?

   老婆：跑馬拉松這麼累，真的值得嗎？

   Esposo: Sí, claro. El ambiente al final de la maratón vale la pena.

   老公：當然，跑完馬拉松的那個氣氛，非常值得！

2. Compañero de clase: ¿Cómo fue tu experiencia de estudiar español en

   Mexico? ¿Gastaste mucho dinero?

   同學：你去墨西哥學西班牙語的經驗如何？花了很多錢嗎？

   Yo: Sí, gasté un montón, pero la experiencia de conocer otro mundo vale la

   pena.

   我：是阿，花了很多錢，可是認識新世界的經驗是完全值得的！

3. Amigo 1: ¿Te has arrepentido de dejar tu trabajo para venir a Taiwán?

   朋友1：你會後悔辭職來台灣嗎？

   Amigo 2: No, para nada. Venir a conocer otra cultura y otro estilo de vida,

   vale la pena.

   朋友2：完全不會，來這邊認識新的文化、新的生活方式，非常值得。

4. Amigo: ¿Por qué te gusta este restaurante? Es carísimo.

   朋友：你為什麼喜歡這間餐廳？超貴耶！

   Yo: Comer comida latina auténtica en Taiwán vale la pena.

   我：在台灣吃到道地的拉丁菜，非常值得。

5. Amigo: ¿No es muy cansado tener tres perritas?

   朋友：養3隻狗不會很累嗎？

   Yo: A veces sí es un poco cansado, pero regresar a casa y jugar con ellas

   vale la pena.

   我：有時候會有點累，可是回家跟他們玩就覺得很值得。

memo

memo

memo

memo

memo